源氏物語の世界

中村真一郎

新潮選書

源氏物語の世界　目次

源氏物語の世界

我が国、王朝の文学については、いくら語っても語り飽きるということはない。

私は本書で、ふたたび、平安朝の散文を中心に、その魅力、その意義、その豊富さを述べてみたい——

平安朝の文学は大別すれば詩と散文とに分けられるが、詩の系列は『古今集』から『新古今集』にいたる勅撰集が中心となっており、それらは『百人一首』というようなものによって、今日まで民衆の生活のなかに融けこんでいる。

それに対して散文の諸ジャンルも、詩と散文とのあいだにある歌物語のようなものから、純粋な小説（作り物語）、また回想記のようなものと、極めて、多彩である。

私はその豊穣な王朝文学のなかへ、これから読者と共に分け入って行こうというのである。……

I　紫式部と『源氏物語』

さて、まずいきなり、平安朝文学の最大傑作であり、世界的な古典である『源氏物語』のなかへ入って行こう。この物語を知ることはほとんど平安朝文学そのものを知るのにひとしいとも言えるのだから。

そのために最初は、作者の紫式部《むらさきしきぶ》の生活から、『源氏物語』という作品が、どのように作られて行ったたか、を考えてみることにする。

紫式部の肖像

私の眼のまえに幻のように浮び上ってくる、我が国第一の小説家の姿はこのようなものである。十一世紀初頭の、平安朝文明の最盛期に、その文明の中心である、京都の宮廷の「女房」のひとり――

しかし、そのようなひとりとしては、あまり華やかではなく、また、気のきいたサロン的な会話も得意ではない。むしろ、気難かしそうにひとりで前栽《せんざい》などを眺めていると、もっと若い同僚たちは、うっかり話しかけるのも遠慮されるような、気詰りな感じを受ける。

彼女は時代の支配者、御堂《みどう》関白道長《みちなが》によって、その娘の中宮彰子《ちゅうぐうしょうし》の家庭教師として雇われているのだが、絶えず休暇をとっては宮中から下り、そして自分の邸へ戻らずに、都内某所の仕事部屋へ閉じこもって、『源氏物語』の原稿を書き継いでいる。

その小説はひと巻が完成されるごとに、廻し読みされ、また、筆写されて行きわたるのだが、ふだん無口な彼女にも似合わず、小説のなかでは溌剌とした筆使いが見られる。それに、いつの間に耳にし眼にしたのか、当事者以外には誰にも知られていない筈の宮中の人たちの身辺の秘事が、何くわぬ顔で物語の人物たちの身のうえに移されて、抜け目なく書き出されている。

思い当る読者はぎょっとする。油断のならない人である。面と向えば辛辣なことなど言わない人であるだけに、かえって気心が知れない。

それに比べれば、皇后定子《ていし》に仕えていた清少納言《せいしょうなごん》のような、毒のない、笑ってばかりいる、エスプリに富んだ明るい女や、また、和泉式部《いずみしきぶ》のように、いつも恋に身を焼いて恥も外聞もない生き方をしている底抜けの女のほうが、もしつき合うとすれば、どれほど気が楽か知れない。

それに彼女の日記を覗いてみると、同時代の文学的ライヴァルたちや、また、宮仕えの同僚たちについて、何と小意地の悪い批評を書きつけていることだろう。

特に清少納言に対する攻撃は有名になった。

――彼女は「したり顔」で、漢文など書いてみせるが、よく見れば未熟きわまるものである。他人とは変ったもののように見られたがるキザな性格で、行末は知れたものだ……

《光源氏を中心とした略系図》

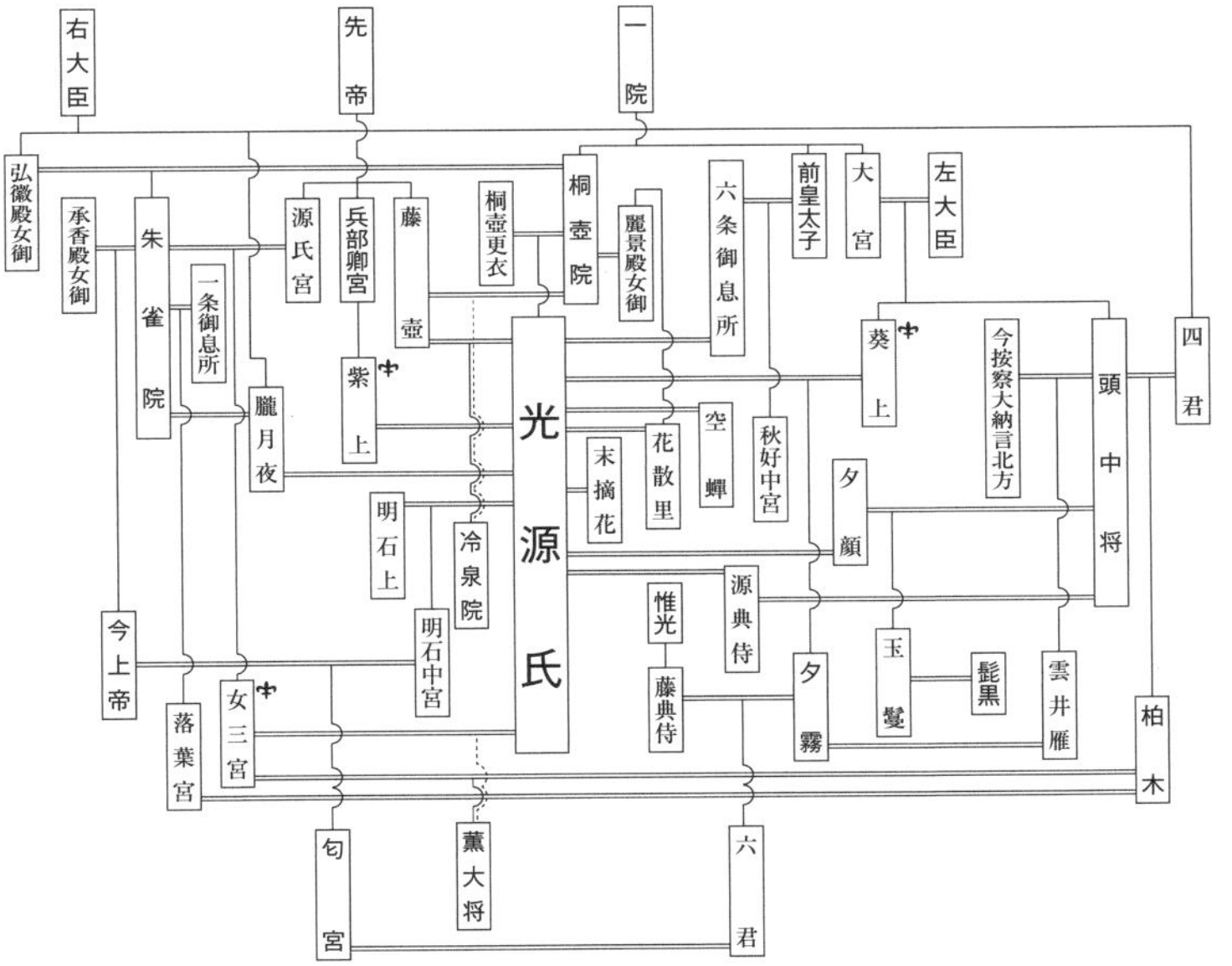

《宇治十帖関係略系図》

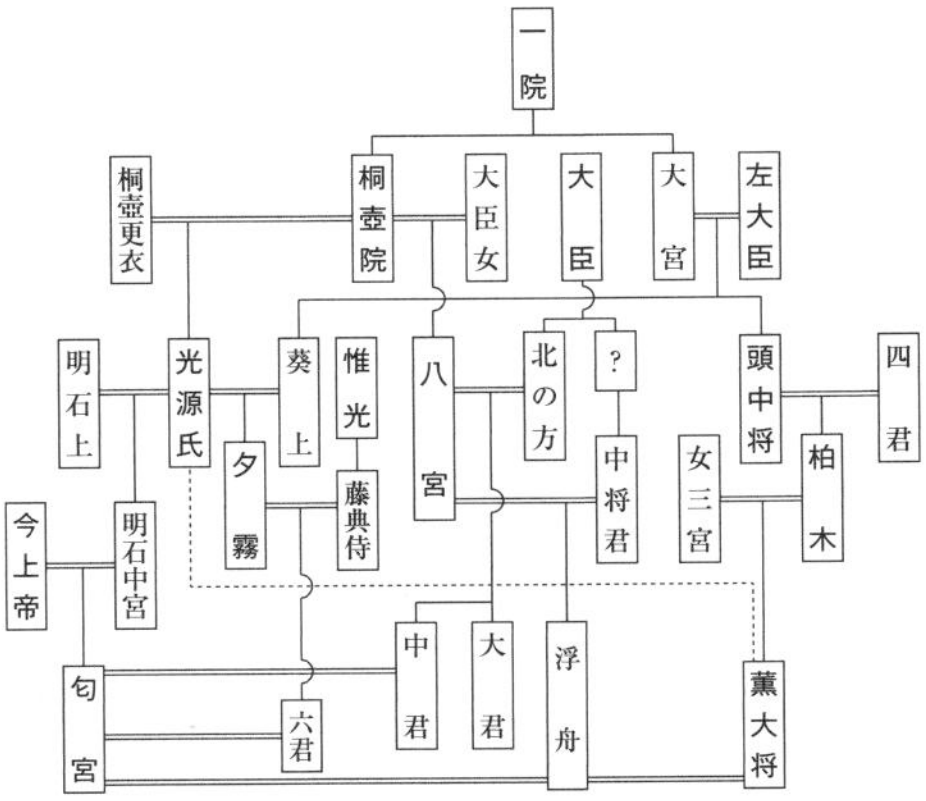

《凡　例》

①人名ゴチックは男性、明朝は女性
②＝は夫婦関係
③－は親子関係、…は表向の親子関係
④［は兄弟姉妹関係
⑤人名は本書での呼び名、あるいは慣用のものによった
⑥♰印は正妻と目される

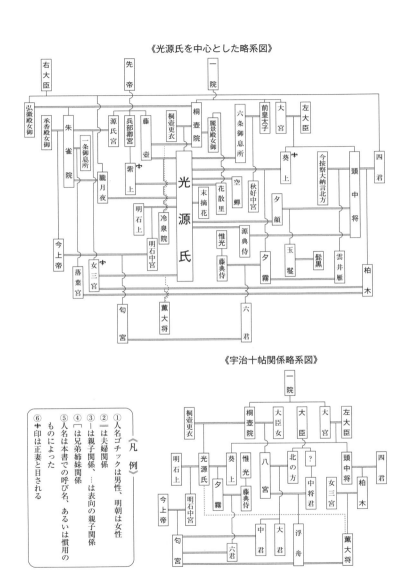

というような調子である。

また、斎院《さいいん》の中将と言う女房が、中宮彰子の後宮《こうきゅう》の空気をヤボだと悪口を言ったというので、大いに意地の悪い反駁を行なっている。そして、その反駁ぶりの執こい厭らしい調子で、かえって先方から、「だからヤボだと言うんですよ」と、いい返されそうな気がする。

そういう彼女は、あまり人に愛されなかったのかも知れない。

彼女は三十歳近くなって、やっと結婚した。しかも相手の藤原宣孝《ふじわらののぶたか》は五十歳に近い男で、すでに妻もあり、彼女と同じくらいの歳の子供もいた。

だが、この宣孝はなかなか闊達な、また磊落《らいらく》な男らしい性格であったようである。

この結婚は三年足らずで、夫が死んだために終ってしまう。

やがて、宮中に出仕する前後に、今度は藤原保昌《やすまさ》を恋人にしたらしい。この男も、有名な男性的な豪快な人物だった。

だから、彼女は、そうした男らしい男に愛されるようなところがあったのだろう。しかし、この陰気な才女は、結婚しても夫と喧嘩ばかりしていたようだし、保昌も、もっと気楽で楽しい和泉式部に乗りかえてしまっている。

男らしい男に愛される彼女は、また、可愛らしい女らしい女を、一方で好きになる性質があった。どうも彼女には同性愛的な気質があったようだ。

少女時代には「お姉さん」と称する女性があって、熱烈な手紙のやりとりをしているし、宮中へ出ても、若い同僚の美人の寝顔を覗きこんで恍惚となってしまって、相手を驚かせている。

また、宮中へ賊が入って、若い女房二人が裸にされた時にも、好奇的な眼でその有様を観察しているし、美人の同僚とふたりで部屋に籠っているのを、主人の道長に冷やかされてもいる。

当の道長とは、ではどうだったのか――

これは学者の意見が分れるところである。

『源氏物語』の英訳者のアーサー・ウェイレーは、『紫式部日記』のなかで、彼女がわざわざ道長から口説《くど》かれて断わったと記しているのが、女性心理としてかえって怪しいと言っている。

それに、ひと晩中、道長を部屋の外へ立たせたままで、扉を開けてやらなかったと書いているが、日記の文章はそこで切れて、その翌晩からの記事はない。

さらに、道長という政治家は、自分や細君の近親者を恋人にして、それを女御《にょうご》や皇子《おうじ》の女官長に任命することで、政治的情報網を完備させたひとである。そういう女性が数人いたのは事実であるから、道長夫人倫子《りんし》の再従妹《またいとこ》であった彼女もそのひとりであった可能性は大いにある。それはまた、当時の宮仕えというものの形のひとつであったのだから、もしそうであっても、別に彼女が、現代風の「日蔭者」になったわけでもないし、また、道徳的に非難されるべきでもない。

もともと道長は大いに彼女の才能を買っていたし、それに、『源氏物語』の内容についても、彼が大分、助言をしている形跡もあるらしい。

現実と小説

紫式部が『源氏物語』の初稿を完成したのは、夫宣孝に死なれた未亡人時代だったようである。彼女は孤独な生活を、文学グループとの交際によって、文学論を闘わすことなどで慰めていた。その頃、数多く読んだ物語類の影響と、また、子供の頃、父の為時《ためとき》から聞かされた、花山《かざん》天皇の宮廷の華やかな空気への空想とをひとつにして、あの「桐壺《きりつぼ》」の巻が自然と、彼女の筆から生れたのだろう。

父為時は花山天皇に愛され、天皇の政治的没落と共に、政界での将来を閉ざされてしまった人である。そして花山院は女性たちと芸術とへの傾倒によって、一世の風流者として知られている帝王であった。

物語の中の帝《みかど》の、桐壺更衣《きりつぼのこうい》への熱烈な恋愛には、花山院の面影が彷彿としている。

一度、堰を切って落されると、彼女のなかの小説家的才能は沈黙することを知らなかった。彼女は自分の過去や現在の諸々の経験のなかで、心に深い傷を与えている事件を、次つぎと物語のなかへ転調させて行った。そうすることで、自分の心の悩みを救い、孤独を癒そうとしたのだろう。

たとえば、彼女がまだ娘の頃、自分の中川あたりの邸へ方違《かたたがえ》で泊りに来た、ある貴人と恋に落ちたことがある。その時、彼女は身分違いの相手が、軽い気持で自分を玩具にしたのではないかと疑い、どうしても相手の愛情を素直に受けとることができなかった。そのうえ、自分は本心で相手を好きになってしまって、ひどく苦しい想いをしたのだった。

また、未亡人となってから亡夫の先妻の長男が、親切ごかしに世話をしてくれているうちに、怪しい素振りにおよぼうとした。

そうした二つのつらい想い出が、あの「空蟬《うつせみ》」の挿話となって、『源氏物語』のなかで独特な知的でくすんだ女性像を作りあげている。

そのようにして書きあげられた『源氏物語』の初稿をたずさえたまま、彼女は宮仕えに出た。道長の娘で一条《いちじょう》帝の中宮である彰子の女房という資格である。が、特に彼女は彰子の学芸の家庭教師という役割だったのだろうし、さらには当時、道長のはじめた書物蒐集の助手的仕事も与えられたのかも知れないという。

しかし、この宮廷生活は、一時に彼女の作家的な眼を開かすことになっていった。それまでは空想の対象であった「宮廷」は、またそこに展開する皇族や大貴族の生活は、もはや夢の世界ではなく、現実のものとなった。

それは彼女の小説の初稿に、大幅に手を入れさせることになっていった。内容的にも大きく膨れ上っていく。彼女は宮中を退出して秘密の仕事部屋に匿《かく》れると、日常、見聞きすることになった、諸々の生活上の小事件を抜目なく、物語のヴェイルを掛けながら書き加えていく。

最初は前代の物語の影響で、幾分、童話風の雰囲気を持っていた『源氏物語』は、精細な写実的な小説に変貌して行く。

時には、彼女の現実の生活での口惜しさや恨みなどが、その原稿のなかで復讐されるというような役目さえ、この小説作りの仕事は引き受けることになっていった。

つまり、最初、未亡人時代には、自分の生活の単調さ無色さを補うための、生活の余白に夢想された世界であった物語が、急速に現実の世界の反映という風に変っていったわけである。彼女の精神生活の全体をすくい取る器となったというわけである。

小説の地肌をなす、宮廷生活の絵巻物のような様ざまの行事の描写は、ほとんど年代記作者の仕事に似ているほど、実際に即したものになった。それは本物の歴史物語である『栄華物語《えいが》』を、彼女の同僚であった赤染衛門《あかぞめえもん》が後に書くことになった時、その書き方のうえで最も参考になったほど、記録と美との調和した見事なものだった。

また宮廷生活は、社交の生活である。それまで比較的淋しい家庭のなかで、引っこみ思案だった彼女は、一気に多勢の人のなかで暮すことになり、「ひとさまざま」ということを実感として、受けとることになった。眼を閉じて己《おの》れひとりの夢を追うというより、様ざまの運命の他人の生活を、じっと眼を開いて眺め通す、という生活態度が要求される。

それが彼女の物語を、空前絶後の様ざまの型の人間の蒐集物たらしめることになった。いわば作者は、それらの人物たちの動く群像の影に、己れの魂を消したのである。それこそ、本物の「小説家」というものである。

たとえば、《宇治十帖》のなかで、あの孤独な姉妹のひっそりとした暮しには、彼女と姉との子供の頃の生活の反映が見られるとしても、姉妹の父である没落政治家八《はち》の宮《みや》の姿には、彼女から遠く全くかけ離れたところで演じられていた、権力闘争の犠牲者である中の関白家の伊周《いしゅう》の晩年の面影が影を落していることだろう。

宮廷生活のなかでの被害に対する小さな復讐の滑稽な例をひとつあげると、当時、天皇付きの典侍《てんじ》であった女性が紫式部の嫂《あによめ》に当っていたが、式部はこの女性から様ざまの圧迫を受けていたのだろう。

それで『源氏物語』のなかに、「源典侍《げんのないしのすけ》」という、現に宮中で通っている通りの実名でその女を登場させ、その老年にもかかわらず好色無類である姿を暴露し、ついでにその情人の存在も、実際の「修理大夫《しゅりだいぶ》」という官名によって指摘した。

読者たちはこの小意地の悪い高慢な官女の失態が、物語のなかに描写されているのを見て、大喜びをした。その噂に耐えかねて、典侍は辞表を提出すると同時に、後任に紫式部に最も反感を抱いているある女性を指定した。

それはいかにも女房同士らしい反目のドラマであった。

恋愛と好色

『源氏物語』のなかで最も大きな部分を占めているのは、登場人物たちの恋愛の描写である。

主人公光源氏《ひかるげんじ》は、小説中に与えられた条件としては、政界における一派閥の長であり、政権の争奪と、政権を握ってからは首相として政治を行なったわけである。しかし、そのような人物として、つまり人生の目的が政治であった人物として描かれているかというと、いわば政治はこの物語のなかでは、外部から源氏の運命を動かすものとしてだけ語られていて、彼自身が積極的に宮中の役所などで政策について同僚とやり合ったり、執務したりしている姿は全然、表現されていない。

この物語のなかに登場する光源氏は、いや、他の人物たちも、一生を次つぎと数多くの恋愛に捧げつくしているように見える。そして当時の結婚生活というものも、同棲でなく妻の実家へ夫が通うという形が多かったから、それも恋愛の状態の延長だと言えるだろう。

これほどの、生活のなかで占める恋愛の——当時の言葉でいえば「色ごのみ」の要素の大きさは、やはりその時代の実生活の反映である。

王朝後期の貴族たちにとって、恋というものは、現代の人々にとってよりも、比較にならないほど、強い関心の対象になっているように見える。

近代日本においては、特に第二次大戦まえまでは「恋愛」というものは理想的な青年たちにとっては美しい純粋なものと考えられていて、そして一方で世間の大人からは、不しだらな汚ないものとして眉《まゆ》を顰《ひそ》められていた。それはほぼ「文学」というものの社会のなかで占めている場所にも似ている。

戦前までは文学者は、世間的にはうさんくさい存在、社会外の存在と見られ、文学に憬《あこが》れる青年は反逆者と見られた。

『源氏物語』の書かれた頃の貴族社会においては、恋愛と同じく文学も、その能力のある人間ほど尊敬された。恋愛の天才は同時に文学の天才であるべきであった。それが当時の人間の理想像で、『源氏物語』は光源氏という理想像を造形したことで、大評判になったわけである。

恋愛も文学も、人間精神の「自由」の表現である。そうして、もし文明というものが、精神の自由の頂上に咲く花であるとすれば、道長時代は、日本の文明が最高に達した時期だと言えるだろう。

近代日本の精神史は、自由を求める理想主義と、それを圧《おさ》えようとする現実主義との闘いの歴史である。だから、近代の世間的通念からすれば、光源氏はドン・ジュアンであり、あるいは色情狂に近いと言えるかも知れない。

が、そうした見方は、歴史的感覚を全く無視した暴論である。

大体、あの時代は法律的に一夫一婦制ではなかった。また結婚と恋愛との区別が曖昧であったから、人妻が別の男と交渉を持つようになった場合、それを今日の通念で「姦通」と名付けるべきか、「再婚」と呼ぶべきか、判らないのである。

そのうえ、恋愛、あるいはそれよりさらに広く、好色というものには、様ざまの段階があった。光源氏の恋愛生活を見ると、彼は一生の間に、何回か結婚している。そして同時に数人の妻を持っているとしても、常に唯ひとりの「正妻」の位置を占める女性が、その時々で決っていた。最初は親友の頭中将《とうのちゅうじょう》の妹である葵の上《あおいのうえ》、次が子供の時から引きとって育てた紫の上《むらさきのうえ》、最後が兄上皇の娘の女三の宮《おんなさんのみや》。

そういう「正妻」のまわりに、何人かの妾のような女性たちがおり、その外に、たとえば六《ろく》条御息所《じょうのみやすどころ》のような純然たる恋人がいる。それから夕顔《ゆうがお》や空蟬のような浮気の相手がいる。その外に、これは恋愛という言葉で今日、考えられているものの範囲を逸脱するかも知れないが、自分や妻の使っている侍女たち（女房）の何人かとも肉体的な関係によって結ばれている。肉体的関係が生じたからといって、江戸時代の将軍や大名の後宮でのように、彼女たちの身分に変動があるわけではない。

そして、そのようなひとりの男性を頂点とする女性たちのピラミッドは、かなり厳重な身分的規制によって秩序づけられているから、その嫉妬の感情も階級の枠を乗り越えることはない。六条御息所は源氏の侍女には焼もちをやかないし、侍女の中将は自分の女主人である紫の上を怨《うら》むということはない。嫉妬は人間本性の感情であっても、その現われはその時代の社会的通念に支配されるものである。たとえば今日では、夫が外に恋人を持った時、妻が嫉妬しても、その焼もちは何らの悪徳ではなく、かえって世間から同情されるが、明治時代の妻が、夫が芸者遊びをしたといって家庭を抛棄して家出をしたら、妻の方が非難されたろう。そうした社会的な道徳の基準も、時代によって、どうとでも変るものであり、その時代の基準に従わない人間は、悪人であり罪人であるということになる。

光源氏のそのような性生活は、当時としては何等非難すべきことではない。いや、人間および社会に対する経験の豊富な人、心の柔軟性のある人として尊敬されるものという社会通念に従って、作者は描いている。

現実に当時の貴族たちは、多かれ少なかれ、そのような性生活を送っていたのであり、現に道長は自分の子供が妻をひとりしか持っていないとの理由で、その子を「みっともない」と叱りつけている。

当時の貴族たちにとって、最良の医学書は『医心方』という書物であったが、そのなかで男性の健康法として、多淫をすすめている。彼等の激しい性生活は、だから今日の人々が特殊な風呂に入ったり栄養剤を飲んだりするのと似た意味もあったわけである。

小説と現実

『源氏物語』のお蔭で、私たち現代の人間は千年前の先祖たちの「大宮人《おおみやびと》」の生活について精細に知ることもできるし、また、歴史書とちがって小説であるために、その時代の人々の心のなかへも入ることができる。

そして、平安朝の人々の愛情や憎しみや嫉妬などの心の動きが、その社会的習慣の違いにもかかわらず、ほとんど全く現代の人間と同じであることを知って、感慨に耽《ふけ》らないではいられない。──人間というものは、外部の生活様式においては、時々刻々と変化して行くとしても、内部はほとんど変動しないものである。千年まえの奥さんも、夫が役所から帰って来るのを待ちながら、冬など着換えを暖め、食事の仕度をし、化粧をしているし、また、男たちも役所が終ると急いでそれぞれの家庭へ向って散って行く。純情な青年男女の優しい恋もあれば、長い恋のあとで、ようやく結婚した男女が、数年たつうちに細君の方は、完全な世話女房になって、夫を邪魔者あつかいし、放置された夫は友達の未亡人に、つい心が惹かれて行ったりする。そうかと思うと、婚約者の決っている娘が別の青年と恋愛し、情欲の愉しさをおぼえてしまうと、どうしても新しい男が忘れられなくて、里帰りの時に、実家へ男を引き入れて儚《はかな》い逢瀬を愉しんだりする。また権力者が死ぬと、その未亡人は親戚たちからさえ、うとまれるようになる。そうかと思えば、お洒落なダンディーな男が、息子に死なれると落胆して、鬚《ひげ》をそるのも忘れて、不精者になってしまう。

それらは全く現代の人間と同じ生活の情景ではないだろうか。

それは、現代により近い鎌倉時代に、ひとつも小説が書かれなかったために、歴史の記録によって、公けの事件は知ることができるのに、その時代の政治的主都であった鎌倉の市民生活について、私たちが何ひとつ知ることができないのと、いい対照をなすだろう。

小説というものは、そういう働きをするもので、『源氏物語』を読んで私たちが喜びを感じるのは、ただ千年まえの人の生活が判るという知的な満足だけではない。そうではなくて、千年まえの人々の日常生活に触れる喜びは、人間の生きている味そのものに接する幸福感である。そこで私たちの心は、孤独の壁を取り払われて、自由な解放された気分のなかへひたるのである。それは生きている有難さ、生命の尊さ、というものへ私たちを導いてくれる。たとえ、人物の死の瞬間の挿話を読んでいる最中でも、そこにある生命の焔の燃え上りは、人物たちの悲しみのなかにいきいきと映っていて、それが私たちの心を生活の疲れから来る人生への無感動という状態から回復させてくれる。つまり生のなかでの慢性的な死のようなものから甦《よみがえ》らせてくれる。

そのようにして『源氏物語』は千年前の京都の貴族生活のなかに私たちを導いて行ってくれるのである。――しかし、この小説に描かれた生活には、ある限度があるということは承知しておく必要があるだろう。

作者の紫式部は天才であった。そして天才は多くの人々の心のなかへ入ることのできる才能である。が、しかし、一方で彼女は結局は宮廷女性であって、その生活圏はやはり限られていたし、その性格がいくら複雑であるといっても、ある基調がそこにはある。

たとえば同時代の『枕草子《まくらのそうし》』を見ると、そこには筆者の清少納言の華やかで気のきいた、朗らかな性質の反映で、明るい気楽な貴族の男女の、恋愛遊戯のような情景が、屈託のない空気のなかで展開している。

それに比べて、『源氏物語』のなかの恋は、どうも陰気で涙もろくなっている。だから『源氏物語』だけから、当時の実生活を、暗い感傷に満ちたものだった、と決めてしまうのは危険である。また、紫式部が決して直接には眼に触れることもなく、必ずしも大きな関心を抱かなかったらしい、貴族の男性たちの後宮外の生活が――たとえば役所における政治家や官吏たちの対立というような場面が、少しもこの小説に登場しないからといって、当時の男性たちが年中、女性とばかり遊んでいて、詩歌管絃に明けくれていたと決めてしまうのは、行き過ぎである。

平安朝後期の文明は、唯美的色彩が濃かったけれども、当時の貴族たちの生活の理想が芸術至上主義に統一されていたかどうかは、再考の余地があるだろう。

現に、同じ時代を、男性が書いた『大鏡《おおかがみ》』という作品がある。これは当時の政治家たちの挿話風の列伝であるが、そこに描かれた貴族たちの生活は、とても『源氏物語』から想像するような女性的な上品なものではない。もっと直接的な男性的な力が露骨に現われた、激しいものである。（その実例は、後で述べる）

特に、光源氏の須磨流遇のモデルになったと言われている中の関白伊周の一族を、道長が政界から粛清した事件の残酷さを『大鏡』の記事で私たちが読み、それを源氏の物語と比較すると、当時の政治上の最も重要な事件が、その政権奪取の完全な圏外に置かれた紫式部のような女房たちにとっては、それが哀れ深い男女関係のもつれに置き換えられて理解されているのが判る。

これは『源氏物語』をあくまで小説として読むべきである、という教訓である。実際の当時の貴族の男性たちは、後宮を訪問し、女性たちと恋歌を交換している最中でも、心のなかでは政治について激しい情熱を燃やし、冷静な計算をしていたことだろう。いや、女性に恋を打ち明けるにしても、相手を選ぶのに政治的利害が大きく働いていたことは間違いない。

世界と文学

今日、『源氏物語』は世界の文学的遺産となり、紫式部は世界的文豪として有名になっている。それは勿論、この作品が「小説」として極めて普遍的な美しさを持ち、そして古代文学独特の明るさを持っているからである。

『源氏物語』を「世界最古の文学」などと途方もないことをいう日本の学者が、後を断たないのは滑稽であるが、『源氏物語』は世界最古でなく、歴史的発展のおくれていた日本が遅くまでとどまっていた「古代」世界の終り頃に生れたので、ギリシア・ローマや中国の古代の盛りに十世紀も遅れて、それらの国々が早く生んだ文学的傑作の系列の、いわば最後尾を飾るものとして花咲いた作品である。

だから『源氏物語』は「世界における古代最後の文学」なのである。

が、そうした古代文学としての『源氏物語』が、他の日本の古典、たとえば『平家物語』や芭《ば》蕉《しょう》や西鶴《さいかく》やに比べて、比較にならないほど広い、世界の読書界の注目を惹いているのは何故だろうか。

西欧では『平家物語』は日本学者たちに研究され、芭蕉は詩人たちに愛されているとしても、『源氏物語』は『千夜一夜物語』などと同じように、西欧文化圏から外の産物でありながら、エキゾチスムの対象としてとどまらずに、ホメロスやダンテ同様、西欧の文学体験の基礎をなす作品になっている。

それは興味深い現象である。——そこにはある作品と、その時代の文学的空気との出会いという面白い問題がある。

『千夜一夜物語』が西欧文学に入って行ったのは、十九世紀末のフランスの象徴派の文学運動のなかで取り上げられたからだった。

その運動のなかのひとりが、象徴主義的感受性によってそれを翻訳して、文学界に紹介した。つまり『千夜一夜物語』はフランスの象徴派の文学的空気の中で、マラルメやヴェルレーヌと同質のものとして世間に迎えられ、その文学運動が全ヨーロッパへ拡がって行くと共に、それは西洋の古典のなかへ組み入れられた。

『源氏物語』は、では、どのような窓口から西欧へ入って行ったのか。

一九二〇年代の西欧における、最も新しく最も重要な知的中心のひとつは、イギリスのブルームスベリーのグループだった。彼等のなかには、小説家のE・M・フォースターやV・ウルフ女史がいたし、経済学者のケインズもいた。

彼等はジョイスとプルーストとを文学界に紹介した。その仲間のひとりのアーサー・ウェイレーが時を同じくして『源氏物語』の翻訳を世に問うたのである。

ブルームスベリーの新しい傾向に注目していた読書界は、『失われた時を求めて』や『ユリシーズ』と等質の新文学として『源氏物語』を迎えたわけである。

ウェイレーの翻訳の文体は、正にブルームスベリー的で、知的で優雅で凝っていて、読者はレディー・ムラサキを、プルーストの双児の姉妹かと思った。

ウェイレーが、またブルームスベリー・グループが、『源氏物語』を取り上げたのは、もちろん、偶然ではない。彼等が西鶴でなく、『源氏物語』に興味を示したというのは、西欧文学の進展のうえで、大きな必然性がある。

西洋の文学界には、十九世紀後半の自然主義文学の流行のあとで、新しい反自然主義的な傾向が新たに興ろうとしていた。新しい傾向は、先ず第一に人間の心の奥へ深く照明を与えようとしていた。第二に美に対する繊細な趣味への感覚を復活させようとしていた。第三に「時間」という要素の形而上学的な重要さを意識しはじめていた。第四に社交界的な生活への興味が高まっていた。

それら全てを満たしたのが、新しいプルーストであり、古い『源氏物語』だった。

もし、ゾラの全盛時代に、西欧のどこかで『源氏物語』が翻訳されたとしても、あのような理解を読者から受けることは不可能だったろう。

丁度いい時に、『源氏物語』は丁度いいグループによって発見されたのだった。

現に、我が国においても、ゾラの影響で自然主義が文学界を支配していた時代には、藤村も秋声も、またその流派に属さない漱石も鷗外も誰ひとり真面目に『源氏物語』を読もうとさえしなかった。

『源氏物語』と共鳴しうるような作品が生れはじめたのは、ようやく自然主義の流行も終った時で、彼等のひとりであった田山花袋の晩年の『百夜《ももよ》』という小説は、一代の文学的趣味が『源氏物語』に対して、有利な方向へ転化しはじめる徴候を示すものだった。

『源氏物語』は千年前に書かれてから、徐々に世界的名声を拡げて行ったのではない。日本の地方文化の一産物として、千年の間、生きつづけていた後で、突然世界文学のなかに「新しい古典」として登場し、一挙に不動の位置を占めたわけである。

これはシェイクスピアが、後に続く一世紀以上もの間の古典主義時代に無視されていたのが、十九世紀のはじめに西欧各国にローマン派の運動がはじまると同時に、一挙に全西欧的名声を獲得して「古典」となった運命を連想させるものである。

Ⅱ　『源氏物語』の世界

次は『源氏物語』という作品の含む、様ざまな要素について、ひとつずつ散策的に語ってみよう。そのために、作者の環境と生い立ちを概括することからはじめよう。

作者の環境と生い立ち

十世紀の後半、九七〇年頃に、京都の中流官吏の家庭にひとりの女の子が生れた。父は当時の中流貴族の慣わしで、地方官を歴任したり、都で役所勤めをしたりしていた。しかし、この父は一方で学者でもあり、文人としても重んぜられていた。彼は役人勤めの傍ら、読書や作詩に没頭し、その学才によって、皇太子の教育係りをしたりしたこともある。

性格は生まじめで、宴会などに招ばれても、二次会などには出ずに、高貴の人々に先立って席を立って帰ってしまって、その非社交性のために、評判を悪くしたこともあったようである。

そうした父は、子女の家庭教育には非常に熱心だった。その頃の貴族社会の通念では、女はあまり学問などをしない方がいいとされていたが、父は娘に対しても容赦なく漢学を仕込んだ。一種の才女教育であったが、父の性格からも、当人の性質からも、才気縦横という風ではなく、むしろ陰気な学問好きな、そうして一方で気位の高い娘に育っていった。

娘は年頃になると、人並みに恋愛もした。しかし、そうした場合も、可愛らしく男に甘えるというような娘ではなかったし、ともすれば相手をやりこめたり、「あなたの愛情の性質は、真剣なものですか、それとも遊戯的なものですか」などと問いつめたりするものだから、若い相手は面倒にもなり、くたびれもして、遠ざかって行った。

この頃は、十四、五歳になれば、大体は結婚生活にはいるものである。しかし、そのような環境のそのような性質の娘にありがちなように、彼女は三十近くまで独身で過すことになってしまった。

このオールド・ミスに、ひとりの中年の男が興味を持った。その男は当時の風習で、すでに何人も妻があり、それから、したがって子供たちも数多くいた。彼は合理的な能吏というタイプで、因習になずまない式部の強引さに惹かれ、一種の「じゃじゃ馬」ともいうべきこのインテリ女性に対して、征服欲を燃やした。

彼女はわずらわしくなり、丁度、父が地方官となって田舎へ行くことになったので、いい幸いについて行った。

しかし、都を離れた娘に対しても、男は執拗だった。相変らず求愛の手紙を送っては、娘の帰京をうながした。

娘の方は、男が他の女に夢中になっているというような情報を握っては、その女のことを仄《ほの》めかして、厭味《いやみ》をいってみたりした。

そんな厭味さえ、この中年男には、面白く可愛く感じられたのかもしれない。いろいろと手紙のやりとりのあったあとで、とうとう根負けした娘は父の任地を離れて、京都へ戻り、そして男の妻となった。

そうして、この利口で生意気な女にも、人並みの平凡な結婚生活が訪れてきた。しかし、やはり運命は彼女を特別な道に進ませようとしていたらしい。わずか二年あまりで、夫は急死してしまった。

幼児をかかえて寡居生活にはいった彼女は、歌を詠んだり、物語を試作したりの「文学生活」に淋しさを忘れようとした。そうして、文学グループのようなものにはいって、勉強したりした。そのうちに、彼女は宮仕えをすすめられた。しかも時の権力者で父の保護者でもあった男からの勧誘であったから、断わりきれなかった。

そして、後宮での生活がはじまった。しかしそこでも、彼女は冷たく陰気で、傲慢で人ずきが悪いと思われて、畏敬はされたが愛されることは少なかった。

だが彼女は、主人である中宮の教師格であったし、彼女の作った物語も評判になって、当時の代表的才女として、知識人の間で噂になるようになっていった。

後宮の生活ではありがちなことだが、浮気のようなことも密かにあったし、彼女をやとった権力者からも口説かれるというようなこともあった。しかし、そうしたことは彼女には喜びとなるより、失望の方が多く、それが彼女の生来の鋭い知能と、すぐれた観察家的な才能とを、いよいよとぎすまさせ、また、人生についての思索を深めるようにさせていった。

彼女は社交生活よりも、ひとりで燈火の下で、物語を書きつづることの方が好きで、そして、多分、はじめはなぐさみのためにとりかかったにすぎない物語を書くことが、人生の目的となっていった。

彼女は、紫式部となり、彼女の書き上げた『源氏物語』は日本文学史上、最高の位置を占める傑作となった。……

『源氏物語』の小説観

紫式部の後半生は、平安後期、道長時代の最も華やかな宮中生活で送られた。しかし、彼女はその生活の主役ではなかった。要するに、彼女は軽い脇役たる「侍女」の役割にしか過ぎなかった。

その生活の主役を演じていたのは、皇室とそれから皇室の縁つづきであった高級貴族たちであった。そして、彼女の書いた『源氏物語』は、そうした生活の主役たちを主人公にした物語なのである。

彼女は後宮で、自分のまえに演じられている華麗な生活や、複雑なかけ引きやを、じっと後ろの方から眺めながら、それを一編の大長編小説に書き上げた。そして、『源氏物語』はこの道長時代の宮廷や大貴族の私邸や郊外の別荘で展開されていた、時代の文化の頂点にある生活絵巻となった。

彼女は自分の生きてきた半生と、自分の見てきた外界とから、密かにしぼり出すようにして蓄積した思想を、この物語のなかに注ぎこんだ。だから『源氏物語』は一代の風俗絵巻となると同時に、高級な意味での思想小説ともなった。――しかし、彼女の先輩であった『蜻蛉《かげろう》日記』の著者のように、自分自身の個人生活をそのまま書き綴ったわけではなかった。つまり近代日本の作家たちのように、「私小説」を書いたわけではない。

そういう点では、『源氏物語』は絵空事である。しかし、この物語のなかの様ざまの情景は、今に私たちに、王朝盛時の風俗を生きいきと伝えてくれているし、人物たちの心の動きは、現代の私たちにも、切実に迫真的に感じられる。紫式部は天才的な小説家であった。

それはこの『源氏物語』と、西欧ではよく比較される、今世紀の代表的長編小説、フランスのマルセル・プルーストの『失われた時を求めて』の、作者と作品との関係に、ふしぎなほどよく似ている。

プルーストもその大小説のなかで前世紀末のフランスの最上流階級の公爵や伯爵やの生活を描きだした。しかし彼自身は中産階級の出身で、そうした貴族社会の生粋の人間ではなかった。あるいは、紫式部も同様であったろうが、その上流階級の生え抜きの人間でなかったからこそ、その生活を外から眺めて、物語のなかへ書きこむことができたのだろう。

実際に王朝時代の大部分の女流作家たちは、中流貴族出で宮仕えしたものであって、帝や摂政関白や中宮や皇后たちが、自分たちの生活を物語に綴るということはしなかった。恐らく、しようとしても、客観的に描くことはできなかったろう。そこが、物語、小説というものの奇妙なところである。

ところで、紫式部は物語というものを、どういうものと考えていたかということは、興味のあるところであるが、それは幸いにも、『源氏物語』自身のなかで、「螢《ほたる》」の巻に、主人公、光源氏の口を通して語られている。

それによると、――小説というものは、現実を描くものであって、一方で事実を描いた歴史というものもあるが、歴史はむしろ部分的な真実をしか伝えていない。小説の方が全体的に現実を包むことができる。しかし、また、小説はあった事実をそのままに書くのでなく、フィクション（作り話）である。そして、その根底にあるのは、あくまで作者の体験であるが、その体験から得たものを、善にせよ、悪にせよ、実際よりは極端な形にして表現するものである。日本の小説でも外国の小説でも、人間性の真実を表現している点では変りがないし、一方、それは時代による変化というものもある。もちろん、作者の才能や、得手不得手によって、その真実に触れる度合いは様ざまである。しかし、どの段階の真実を描いたからといって、嘘だということにはならないのである……。

これは大変な卓見であって、今日の小説家といえども、これ以上のことは考えていないといえる。――つまり紫式部ははっきりとした小説家としての自覚に立ったうえで、あの大長編を書き上げたわけである。

私たちは当時の絵巻物のなかでみる、髪を長く垂らし、恐ろしく非活動的な長い衣裳を着て、まるで昆虫が這うようにして、あまり陽もよく射さないだろう、大きな邸のなかを、ゆっくりと動きまわっていた、宮廷の女性のなかのひとりが、その頭のなかに、これほどの「近代的」な物語観を蔵《しま》いこんでいて、そして周りの男女の作りだしている生活の様ざまな秘密を、しっかりと見つめ、よく記憶し、それをもとにして旺盛な想像力を働かしていたのだ、ということを空想すると、なんともいえない感動に捉えられる。

ある意味では、千年前も現在も、人間というものは変らないものだという感慨も持つし、また、「文明」というものが、人間の精神の働きに与える力を思わないではいられない。

道長時代は、日本の文明が最高に達していた。そして、日本文明の特色である「美に対する礼拝」、感覚と官能との洗練という点では、後世のどの時代も、ふたたびこの時代の高さに追いつくことはできなかった。

平安朝の貴族社会「後宮」

わが国の文明は十世紀の終りから十一世紀にかけて、ひとつの絶頂に達し、そして爛熟の相を呈しはじめる。

それはこの時代の風俗を描いた絵巻物によっても、また、博物館などで見る、室内の調度品や衣服などによっても、充分に想像がつく。

そうした文明の爛熟は物質の面だけでなく、人間の精神や感覚の面へも、鮮やかな現われ方をする。そして、後者の証拠となるものは、その時代の文学作品であり、たとえば『源氏物語』である。

『源氏物語』のなかで最も多く扱われているのは「色ごのみ」ということであり、それは恋愛を指している。この物語のなかには、実に無数の種類の恋愛が扱われていて、いわばこの時代の恋愛の分類学のおもむきを呈している。そしてそのなかには、今日の日本の文明の段階においては「変態性欲」の分類のなかへ押しこめられてしまうであろうような、極端なものも含まれている。

たとえば主人公の光源氏は、今日でいえばハイ・ティーンの年齢で、何人かの恋人を持っているが、その最年長は六十歳に近い官女であり、最も若い女は十歳の幼女である。その二人に、主人公は性的欲望を抱き、それぞれの愛し方をしている。これは光源氏が例外的な色情狂だったのではなく、この時代の文明が、その文明の享受者たちの恋愛生活をそのようなものにしていたということであり、それは、恋愛という人間生活のひとつの要素を、極限にまで追求させていた、つまり、文明が爛熟していたということなのである。

作者の紫式部は、宮廷女性であった。文明というものは必ず社交界を発達させるものであるが、彼女は当時の社交界の中心に生活し、そして無数の噂話や秘事を見聞した。彼女はそれを、書き進めている最中に物語の挿話として、容赦なく利用した。だから、当時の読者たち(というのは、やはり同じ社交界で生活していた人たち)は、この物語を読む愉しさのなかに、自分たちの同類のゴシップが、密かに書きこまれていることの発見をも加えていたに違いない。これもプルーストの小説の場合と同じことで、どちらの小説もその人物たちや事件のモデル問題が無数に存在して、同時代の同環境の読者たちを喜ばせたわけである。こうした社交界は、紫式部の時代では、後宮にあった。

当時の貴族社会においては、有力者は娘を帝の配偶者として、その娘の生んだ皇子が次の帝位につけば、自分はその新帝の外祖父となり、摂政とか関白とか太政大臣とかに就任して、政権を握ることができるようになる。

これがこの時代の政治のやり方であり、現に、紫式部の仕えた中宮の彰子は、道長の娘であったが、道長は兄の道隆《みちたか》が娘の定子をやはり一条帝の皇后としていて、彼の一族で政権を固めようとしたのに対抗したわけだった。

そうして、道隆が娘の定子の後宮に、たとえば清少納言というような才女を迎えて女房としていたのに対抗して、道長は自分の娘の彰子の後宮には、紫式部をはじめ、和泉式部とか赤染衛門とか、当時一流の女流文学者たちを雇った。

道長はそのねばり強さと実力と好運とによって、ついに目的を達して、政権を握ることになるわけである。そして、光源氏のなかには、この時代の最大の貴族であった彼の面影がかなりの程度に写されているものと推定されている。もっとも、この藤原氏の政権に近付くために、最初に排除された源《みなもとの》高明《たかあきら》の悲劇も、源氏の失脚のドラマのモデルのひとつにされている。（皇族で臣籍に下ったものは、源姓を名乗ることになっており、この物語の主人公も境遇のうえでは、源高明と同じである）

紫式部の見た道隆と道長との対立は、この物語のなかでも、左大臣家と右大臣家の対立として描き出されている。『源氏物語』のはじめのところでは、政権への最短距離にあるのが右大臣家で、その娘が帝の第一皇子を生んでおり、光源氏は左大臣家の娘を貰っている。そして、右大臣家では、第二皇子である源氏が左大臣と結んだことに対抗して、左大臣家の嫡子である頭中将を、自分の娘と結婚させる。

こうした複雑な政治的閨閥《けいばつ》的な勢力圏の対立で、物語を進めて行くところは、当時の政界、貴族社会の実際を、作者が如実に描いたし、また物語の進行のためのバネを、時代を動かす最大の力に発見していたということになる。こうした構想は大作家の不可欠の条件でもあるだろう。

平安朝の下層社会「下町」

『源氏物語』は、おおよその大小説がそうであるように、「時代の鏡」である。ここには数百人の人物たちが出入りして、ひとつの社会を形成し、それは当時の京都の貴族生活を、如実に再現している。

しかし、元来、社交界の小説であるし、作者も後宮の女性であるから、その時代の全ての様相をくまなく含んでいるというわけではないのは当然である。

彼女の物語の覆っている社会的階層は、まず最上流の皇室、それと密接する高級官僚、それに付属する地方官、および中級の官吏、(ただしこの辺になると、物語のほんの端役である)それから後宮の女房たち。その辺までである。

しかし、階級というものは固定していても、そのなかの各成員は必ずしも固定していないのが、いつの時代でもの実相である。

現に光源氏は、「雨夜の品定め」のなかで、上、中、下の三つの階級に社会を分類したことに対して、しかし、「上流の家柄でも、現在は貧しくなっている家」や「中産階級から急に成り上って貴族的生活にはいった家」は、上、中、いずれに分類すべきだろうと、疑問を発している。そして、物語のなかでも、そうした階級脱落者のあとを追って、作者は宮廷や大貴族の生活から、中の生活や下の生活へ、下りて行くことがある。——しかし、あくまで、宮廷人的感覚は保持したままで。

(これはやはり、プルーストの小説において、上流が主役で中流は傍役、そして、下の方は、家庭の女中や、ホテルのボーイどまりであり、しかも、彼ら、下層階級の人々に対してあくまで作者が、「上流の側」から見ているというのと、似た構造を持っているのが、興味深い)

たとえば空蟬の場合がそうである。彼女は一時はその才が買われて、帝から出仕を求められたほどなのに、今は源氏の家来の地方官の後妻となって、ひっそりとした平和を守っている。

空蟬が源氏に対して抱いた、極めて複雑な愛憎の念のなかには、彼女自身の階級脱落者の意識が強く働いているのである。つまり、最上流の男から言い寄られたことを、自分の身分が低いのだから、簡単になびくだろうと思われたに違いないという風に、ひねくれて解釈する。(もちろん、源氏の心理のなかに、そのような階級的な軽侮感が実際にあったろうことは判るように描けている)

空蟬との関係において、小説は地方官の邸へ移るわけである。だが、夕顔との関係となると、舞台はさらに下層の方へ移って行く。

源氏は乳母の病気見舞に行って、偶然に地方の官吏らしい家の娘と知り合いになる。そして彼女のところで夜を過すようになるのであるが、そこで、この物語では例外的に、舞台は京都の「下町」へ移動することになる。乳母の家は、労働者や職人や商人たちの住居の並んでいる貧しい地区で、したがって源氏と夕顔との枕もとへ、隣近所の物音が遠慮なく聞えてくるということになる。

ここで作者は、帝王の子供に、貧しい都市生活の日常の物音を聞かせるという、甚《はなは》だスリルに富んだ鋭い対照を、小説的効果として使っているわけで、それが同時に物語の世界に非常に深い奥行きを与えていることになる。

これはあるいは、彼女が勉強した中国文学のなかの、唐代の伝奇類、たとえば『柳氏伝《りゅうしでん》』などの下町のなかでの恋の情景にヒントを得たのかもしれない。

いずれにしても、それは恋愛と環境との対照についての極めて鋭敏な洞察が根底にあることになる。

ところで、この空蟬、夕顔との、主人公の恋愛は、作者によれば、いわば例外的なもの、主人公の身分に適《ふさ》わしくないもの、という風に理解されている。つまり、二人は階級的に源氏の相手としては失格なのである。

これは紫式部の個人的感想であるよりは、当時の貴族たちの通念の反映とみるべきだろう。そうして作者は稀《まれ》に、主人公たちの生活環境から物語をはみださせても、やがて間もなく、また自分の本来の領土である後宮や貴族の邸の方へ引き上げて行ってしまう。

野の宮

『源氏物語』のなかには、様ざまの身分、諸々の職業の人間が出入りしているが、そのなかで、今日から見て奇妙なものと思われるのに、斎宮《さいぐう》、斎院《さいいん》というものがある。

それは天皇家の娘で処女である女性の任命される役目で、斎宮は伊勢神宮にお仕えする神女であり、斎院は賀茂神社の神女である。

これは新しい帝が就任すると、交替することになっていたが、新たに任命されたものは、宮中の潔斎所《けっさいしょ》へ移り、それから京都郊外の「野の宮」と呼ばれる離宮へ籠って修業する。今日、嵯峨野にある野の宮は、もと斎宮のためのものであった。

ところで興味あるのは、そのような神聖な役目である斎宮や斎院は、もちろん、恋愛などは厳禁であるはずなのが、かえって男性の好奇心か征服欲をそそるのか、『伊勢物語』のなかでも、業平《なりひら》が斎宮と事件を起しているし、源氏もスキャンダルのまととなる。

もっとも、野の宮は厳重な潔斎の場所であるといっても、この時代のことであり、そうした環境のなかへも社交が持ちこまれるということがあった。

『源氏物語』のなかで、源氏の年長の恋人であった六条御息所は、娘が斎宮に決って野の宮へ移った時に、源氏との長い不安定な関係を断つために、自分も娘について伊勢へ下ろうと決心して、やはり野の宮へ居を移す。ところがこの身分の高い、教養も趣味も傑《すぐ》れている女性は、嵯峨野へ身をかくした、というより、市内の本邸での生活をそのまま、郊外へ移動させたようなことになってしまう。つまり彼女は社交界を引きつれて、ここへ移った結果になり、野の宮は、文芸サロンになる。

これは非常に面白い設定で、いかにも時代の風潮を伝えている挿話である。

実際にも、当時、選子《せんし》内親王という女性は、賀茂の斎院となっていたが、彼女の住む紫野の斎館は、やはり社交界の中心のひとつとなり、皇后定子のサロン、中宮彰子のサロンと、天下の文芸を三分するような形勢でさえあった。この内親王は世に「大斎院」と呼ばれ、彼女の侍女のなかには、中将の君という才女もいた。この才女は紫式部の弟の恋人であったが、紫式部はその『日記』のなかで、彼女に対する対抗心を示している。

ところで『源氏物語』のなかのこの六条御息所であるが、そのようなサロンの中心人物として、社交性にとんだ貴婦人でありながら、一方で内心には恐るべき嫉妬の魔が住んでいるという風に描かれているのが、作者の人間観察の物凄さだと思う。この女性がただ陰性の人づき合いの悪い女で焼もちやきだというのでは、あたり前すぎて面白くないので、彼女の場合の極端な二面性が、人間の心の深淵をのぞくような思いに、私たちを誘うのである。

しかも、その二面性を「性格」というひとつの層のなかに並列的にあるもの、としては作者は捉えていない。そうではなくて、彼女は意識の世界では社交的な理智的な人間なので、そうして嫉妬というような悪しき衝動は、無意識の底に沈んでいる、という風に作られている。人間の心の二面性を、このように二重構造として捉えているところが、やはりプルーストを連想させる。十九世紀の、たとえばバルザックはそのような捉え方はしなかったし、江戸時代の馬琴《ばきん》に至っては、二重性そのものにさえ気付いていなかったように思える。

それにしても、この御息所の嫉妬は猛烈きわまりないもので、たとえば源氏の正妻の葵の上が妊娠中に「物の怪《もののけ》」にとりつかれて苦しむのだが、同じ時に御息所の方も、夢のなかで、見たこともない若い姫君に向って暴力を振う自分を、何度も見る。そうして、目が覚めると身体に芥子《からし》の匂いが滲みこんでいて、洗ってもとれないのである。

ということは、葵の上の病室では、物の怪を退参させるために、僧侶が祈りながら焚いている護摩《ごま》の匂いが、遠くに住んでいる御息所の身体に滲みついてしまっているというわけなので、つまり御息所の魂は夢の中で、身体を抜け出し、葵の上の病室へまで出かけて行って、この恋敵を苦しめている、ということになる。この「生霊」の現象は、当時の人々は現実にあると信じていたので、紫式部もその現象をそのまま、物語のなかへ持ちこんだのだろう。

ここで興味があるのは、そうした自分の無意識の底に潜む悪しき衝動を、御息所自身も夢のなかや、物の匂いによって、はじめて自分に知らされることである。彼女は葵の上を、意識の上では苦しめようなどとは思っていないのに、心の底で激しい憎悪が燃え立っているのである。そうした自己の、理性では信じられないような醜悪な一面に、自己嫌悪と恐怖とを感じたことが、彼女の、娘について伊勢へ下ろうという決心の原因ともなるわけである。

学者グループ

『源氏物語』のなかの職業的グループで、非常に面白いもののひとつに、学者の群れがある。——これは紫式部自身が学者の家に育ち、そうした知識人たちの生活の空気をよく知っていただけに、特に私たちの興味を惹く。

ところが彼らは「せまりたる大学の衆」（窮迫したアカデミシアン）として、貴族社会のなかでは、軽蔑されているし、また、作者から見ても、彼らは徒《いたず》らに大言壮語して、己れの社会的地位の貧弱さを充分自覚していないものとして、いくぶん、揶揄的に扱われている。

俸給が少ないのに反比例して、気位ばかり高くなっている大学教授たちが、宴会の席上で、高官たちをつかまえて「学界におけるわれわれの地位も知らないで、よくあなた方は閣僚としての役割がつとまりますね」などと、からんでいる、滑稽であると同時に悲惨な情景を作者は書いているが、これは当時の摂関政治時代の実情の模写であると思われる。

ところで注目すべきことは、作者は『源氏物語』の背景となっている時代を、現実の道長時代よりは一代前の延喜《えんぎ》天暦《てんりゃく》の頃に設定している、という説があり、たとえば音楽などについては、確かにそうであるらしい。

しかし、この学者グループ、知識人階級の扱いに関するかぎり、それは前代の風俗でなく、全く藤原氏の外戚政治の時代の状況なのである。

というのは前代においては、唐朝の官吏登用の方式を模倣した制度に従って、知識人たちは大学にはいり、文官試験を受けて、高級官僚に採用されるという具合になっていた。したがってアカデミーの権威も非常に高かった。知識人たちは学問によって、出世の道を進むことができた。たとえば右大臣にまで出世した菅原道真《すがわらのみちざね》のように。

ところが摂関時代となると、高級官僚の地位は専《もっぱ》ら家柄によって決定されることになり、学者たちは全く立身の道から疎外されてしまい、そのように疎外されたことで、実際に気品も失い、一種の不平家となっていった。

そうした文明の中心勢力から押し出されてしまったアカデミシアンたちの、現実の生活振りについては、紫式部はレアリストとして容赦のない、冷たい描写を行なっている。——が、それだけでは彼女の感情は割りきれなかったようである。彼女は一方で、ただ家柄だけによって、当人の能力と全く関係なく出世の極限が予め決定されてしまうような社会の現状に対しては、かなり強い批判を抱いていたように思われる。

それが源氏の自分の嫡子に対する教育方針のなかに、明瞭な形で現われている。

つまり源氏は子供の夕霧《ゆうぎり》を官界に送り出すのに、前代の官吏登用の方式に従わせようとした。(法律そのものは、半ば空文化してはいたが、未だ道長時代にも生きていたのだろう)

そこで当時の習慣としては、夕霧は元服と同時に四位の位につけるはずなのに、源氏はわざわざ六位から出発させ、大学の課程を正式に踏んで、登用試験も受けさせ、実力で出世するように取り計らう。これは夕霧を一時ひどい劣等感に陥れることになる。自分より身分の低い子弟が、自分より高い官位についている宮中へは出仕もしたくない、という気持になる。そのうえ、恋愛においても、相手の家の方では「六位の男とは結婚させられない」というような意見を持つので、非常につらい想いをしなければならない。

しかし、源氏は理想主義的な教育方針に従って、あくまで息子を強制してやらせる。その結果、夕霧は実務官僚としては、父親の源氏よりは、遥かに有能な存在となり、それがかつては、結婚に反対していた、恋人の父親をして、自分の娘の夫として適わしい人物だと考えさせる理由になる。

実際、『源氏物語』を読んでいると、設定としては、光源氏は「政治家」のわけであるが、彼の生活感情が、政治の実務に適合しているとは感じられないのである。それに対して、息子の夕霧の方はその資格がある。

この描き方はたしかに紫式部自身が、同時代の官吏登用の方針に反対であり、そして前代の公平な方式を理想として考えていたということを示している。

こういう形での、作者の強い政治批判、社会批判は他の場合には、これほど露骨には出ていないので、非常に注目をひくのである。

「須磨・明石」の特異性

『源氏物語』は社交界小説であり、したがって都会小説である。だから、舞台のほとんどは京都の「社交界」であり、貴族の遊宴のための「郊外」である。唯一の大きな例外は、古来有名な「須磨・明石《あかし》」の巻である。

そうして、この巻々が、昔から非常に人気がある。――この人気の理由について考えれば、『源氏物語』と日本文学の伝統との関係について、様ざまの面白い結果がでてくるものと思われる。

第一に、日本の古代の民衆にとって、最も人気のあった英雄譚《たん》のひとつの型として「貴種《きしゅ》流離譚」と呼ばれるものがある。それは若い貴公子が様ざまの不幸に落ちて、各地を経めぐるという物語で、それがこの『源氏物語』という、個人の創作のなかにも、下敷き、原型として生きている。

『源氏物語』は貴種流離譚の、社交生活への置き換えともいえるものである。そして、その置き換えが須磨への源氏の流寓という挿話において、最も原型に近付くわけで、それが読者の心の故郷、感受性の根本を揺るがすことになる。

現に作者は、源氏を須磨に亡命させるについて、当時、もう伝説化されていた、典型的な貴種流離譚である、在原行平《ありわらのゆきひら》の流寓を読者に想起させるようにしている。そして行平は須磨において、村雨《むらさめ》、松風《まつかぜ》という姉妹と恋愛をするのだから、源氏が須磨を亡命地に選んだというだけで、読者の方に何かそうした恋物語がはじまることになるのだろうという期待を抱かせることになり、二重の効果をあげるわけである。

第二に、当時の貴族たちにとっては、須磨や明石は「田舎」であった。そして、めったに都を離れることのない上級貴族の男女にとっては、田舎というものは、ひどくロマンチックな空想をそそるものであったに違いない。

だから、作者はそうした読者の期待に答えるように、須磨の四季の風情を、絵巻物風に書き分けて見せてくれる。

それから第三に、後に武家の時代になってからは、京都の貴族たちは権力を離れると同時に、生活手段も失って、地方の大名などのところへ寄寓することになった。彼等はそういう形で、王朝文化を地方へ伝達する役割を果したのであったが、そうした境遇における貴族たちは、この『源氏物語』のなかでも、特に「須磨・明石」の巻を、自分の運命になぞらえて、哀れ深く感じたに相違ない。

そうした様ざまの理由が、今日まで物語のこの部分に、特殊な人気を得させるもととなったものと思われる。

なお、この部分には、他の巻々にあまり見られない面白い点があって、それも特に現代の読者に特殊な興味をそそるのかもしれない。

それは第一に、政治である。

元もと『源氏物語』は後宮の女房によって書かれたものであるから、もっぱら男だけの世界に属する政治の内容には触れられていない。それが丁度、江戸末期の人情小説が町人の世界だけを書いて武士の生活が描かれないことで、表現された部分は極めて生きいきとしているにもかかわらず、同時代の「全体像」としては不充分であるのと同じように、この物語ももっぱら女性の社会が中心に描かれていて、男性だけの社会は除外されているという印象になる。
それがこの部分では源氏が政変によって、自分の属する政治党派全体が勢力を失うことで、政治生命を脅やかされるだけでなく、都にもいられなくなるという形で、つまり政治が個人の運命を通して、鮮やかに表現されている。これは、実際に、後宮の社会には政治はそのような形で波紋を伝えてきていたので、自然とこのような間接的な描き方となったものと思われる。

第二は、経済である。これも、この長大な物語のなかでは、ほとんど扱われていないのに、源氏が須磨に亡命する場合の事前の処置として、留守宅の整理をする場面で、はじめて表面に出てくる。

源氏は自分の財産の管理を、正妻である紫の上に任せる。つまり何人かの家司を使って、彼女が事務を総括することになるわけである。彼は紫の上に、私領の荘園や牧場や、その他の財産の証券類を渡す。

それからまた、倉庫や納殿の管理は、別に乳母の権限に移す。

こうした記述が、光源氏という主人公を、現代的な意味で写実的に描いていると思わせる。彼は単なる夢物語の主人公というのでなく、支配階級の一員としての経済生活も送っているわけなのである。

『源氏』における「死」の美学

かつてリルケは、現代の人間は彼自身の死を死ぬということがなくなってしまったと、嘆いたことがある。現代文明はあらゆる人間的な事象から、個人的な刻印を奪ってしまって、食事にせよ服装にせよ、心の働かせ方にせよ愛し方にせよ、既成品のように、だれもかれも同じものを使って、怪しまないようになっているが、それは人間の退廃だと詩人は感じ、死という人間にとって最も重要な事柄さえも、今日ではお仕着せのようなものに平均化された、と指摘しているわけである。

『源氏物語』には幾つかの死の場面が出てくるが、そのどれもが実に感動的であり、印象的であり、正にその人物の死そのものである、最もその人物らしい死である、といえる。

この物語はまずひとつの死によって開幕する。

帝の寵姫、桐壺の更衣（源氏の母）の死である。この葬儀の情景を描いて、作者はこの更衣の老いたる母が、悲しみのあまりに送葬の車から転落しそうになる有様を付け加えている。

第二の死は、有名な夕顔で、この孤独な、世をかくれ住んでいた薄倖な女は、源氏という熱烈な恋人を得たおかげで、悲惨な死を招きよせてしまう。彼女は秘密な恋人である源氏によって、ある人気《ひとけ》ない離宮へつれて行かれ、そこでその古邸に住みついている妖精の嫉妬のために、恋人の胸のなかで、不意に息が絶えてしまう。彼女はその性格と運命とに適わしく、露がひるようにして、あるいは水に溶けるようにして、この世を去って行く。

この死を描いた作者は、スキャンダルを恐れて、秘密に死骸を移すために、ござに巻かれた夕顔の、長い髪が包みからはみでている光景を、哀れ深く示してくれる。

第三は源氏の正妻、葵の上の死で、彼女と源氏とは長い間、気質が合わなくて、不満な結婚生活を送っていたのだが、ようやく十年目に妊娠し、それが夫に愛を目ざめさせたと思う間もなく、産褥《さんじょく》で死を迎える。しかも、死に瀕《ひん》した彼女の声は、突然に彼女の恋敵である六条御息所の声に変ってしまう、という恐ろしい死に様である。彼女は執念深い貴女の嫉妬と憎悪との一念によって、殺されたわけである。

第四はこの恐ろしい女、六条御息所自身の死である。この身分も気位も高い女は、娘の斎宮の辞任と共に伊勢から戻り、ふたたび自邸を文芸サロンとして、華やかに暮している。しかしやがて大病になって、死期をさとると、源氏を枕許に呼んで、孤児となる娘のことを頼む。しかし、源氏の性格を見抜いている彼女は、自分の娘だけは誘惑してほしくない、と付け加える。これはいかにも頭の鋭い、そして直接的な表現で物をいうことのできる才女らしい遺言である。いわば、彼女は理智的な死を行なったといえる。(もっとも、源氏は彼女の遺言にもかかわらず、結局、その娘を恋心で苦しめることになるのだが)

第五はかつての頭中将(源氏の正妻、葵の上の兄)の嫡子である柏木《かしわぎ》の死である。彼は源氏の第三の正妻(第一は葵の上、第二は紫の上)である女三の宮(源氏の兄朱雀院《すざくいん》の娘)と密通し、子供を作るのだが、この秘密の恋によって、源氏からひどく心理的にいじめられ、また、柏木自身も源氏を敬愛していたので、心の苦しみのあまり、身体を傷めて死んでしまう。

この好感の持てる青年が「泡の消えたように」死んで行ったあとの光景を、巧妙に描くことで、作者は彼の死の悲しみを大きく浮びあがらせることに成功している。世界の文学的古典のなかでも、この前途有望な若者の死ほど感動的なものは少ないだろう。

彼の妻の一条邸では、鷹狩の係りや馬を預かっていた侍たちが、寂しげに出仕を続けていたり、彼が愛弾していた楽器が弦の張られないままで放置されてあったりする。

一方で、彼の父である現太政大臣は、日頃は洒落者で容姿端麗な人間なのが、源氏の子供の夕霧が訪ねて行くと、すっかり痩せて、不精鬚を目立たせ、だらしなく涙を流したりする。そうして、柏木の死は、世間にとっては「前途豊かな青年官吏の死」であったかもしれないが、父親の自分にとっては、可愛い「ただの息子の死」なのだ、と嘆く。

第六は、源氏の二番目の正妻、紫の上の死である。彼女はかつて、前妻の葵の上が死に際して悩まされた六条御息所の死霊につきまとわれる。源氏の第一の妻を生霊となって苦しめた御息所は、二十年の後、今度は第二の妻を死霊となっていじめるわけで、彼女の執念の深さは、身の毛がよだつくらいである。

紫の上の晩年は、源氏が若い女三の宮と結婚したために、正妻の地位が脅やかされ、心の苦しみのあまりに長い病床にあって、その末に息をひき取るのだが、彼女が死ぬと直ちに源氏は息子の夕霧を呼んで、葬儀の相談をする。その時、夕霧は夜明けの仄かな光と燈火の揺れる光との交錯のなかに、一世の美女の類いなく美しい死顔を見るという、異常な経験を味わう。

そして、最後が源氏自身の死である。ここで作者は天才的な思い付きを披瀝する。すなわち、この物語の主人公の死は、「雲隠《くもがくれ》」という表題だけがあって、内容が一行もない巻のなかへ封じこまれているのである。光源氏の死は、筆舌に尽しがたい、というわけであろう。

日常生活

愛も死も、それが深刻で衝撃的であるのは、非日常的であるからである。私たちの何気ない日常生活をそれが破壊するからである。

そして、『源氏物語』は、愛と死という二つの、人生最大の形而上的な要素のタペストリーであるが、この織物の模様が鮮やかに浮き立つためには、その模様の地である日常生活そのものが、微細に写実的に描かれていることが必要である。

そうして、その点でも、紫式部は辣腕を揮《ふる》っている。

たとえば、源氏の嫡子の夕霧の家庭生活の描写である。彼は父親の源氏のような恋愛遍歴者ではない。父は自分の生涯を反省して、息子を非常に厳格に育てあげた。しかも、夕霧自身、じみで実務に適した性格だったし、そのうえ、幼い時からの長い愛が、相手方（致仕《ちし》大臣家）の反対によって、なかなか結婚にまで持ちこまれず、様ざまの経緯の後に、ようやく自分のものにすることのできた妻であったから、彼女に八人もの子供を生ませていて、そして、当時の風習としては珍しく、謹厳で浮気をしなかった。

しかし、八人もの子供のいる家庭というものは、彼にとって休養の場所ではなくなってしまう。何しろ、妻も彼を構うひまなどないのである。子供たちの世話だけで妻は忙殺されているのだから。

夕霧は外出から帰ってくると、子供たちが早寝なので、もう格子なども皆、おろしてしまって、体《てい》のいい閉めだしである。彼はこんな月夜に風情がないといって、格子をあげさせ、簾も捲かせて、細君にも縁側へ出てくるようにいっても、彼女は夫のそうした気持について来ようとはせず、そのうえ子供たちは寝言を言うし、子供の世話をする女たちがあちらにもこちらにも横になっていて、およそ詩的情緒などからは遠い。

夫はやむを得ず寝ようとしても、昔の可憐だったあの少女が、今はこんな強情な古女房になったのか、と思うといまいましくなる。

それでもようやく寝ついたと思うと、子供の泣声で眼を覚まされ、眼の前では世話女房になりきった妻が、髪を耳の後ろに挟んだ恰好で、胸を拡げて子供に乳をやっている。

そうして、夫に向って「あなたが夜おそく帰って来て、そこらを開けさせるから、子供が脅えるんじゃありませんか。子供が病気になったら、どうするんです」と厭味を言う始末である。

昼は昼で、子供がやかましく騒ぐ。細君は子供を叱りながら、別の子供の人形作りを手伝い、少し大きい子供には、読書や手習いを教え、その間も赤ん坊が後ろから這って来て、背中につかまり立ちをしようとする。

こういうあまりにも散文的な生活のなかで、中年になった夕霧の心のなかに、家庭への不満から、ふと恋心が発生してしまう。

しかも、生来、生真面目な男が、恋をはじめたのだから、浮気で止めておくことができず、世間の非難もかえりみず、公然と同棲をはじめる。それが古女房を怒らせ、子供をつれて実家へ帰ってしまう。夕霧は慌てて、妻の里へ行き、話し合うが、一向に、和解に達しない……。

これはもう絵巻物の世界というより、新聞の三面記事や週刊誌の話題だろう。

女性関係だけは安全だと思っていた夫が、中年になって突然に恋愛沙汰を起すというのは、今日でもそこらにありふれた事柄で、年中、身上相談欄を賑わしている。

そういう俗悪で滑稽な場面が、哀婉《あいえん》な恋や悲壮な死を、くっきりと浮き上らせることで、物語の世界を深めているのである。

平凡な人間の平凡なドラマが、「源氏物語の世界」の要素のひとつをなしていることは、忘れてはならない。

宇治十帖

『源氏物語』は主人公の光源氏が舞台を退いていった後でも、まだ続いている。

しかし、もちろん、もう源氏の物語ではない。主人公は光源氏のような魅力的な人物は二人とはいない。というわけで、いわば源氏の能力を二分したような二人の人物を主人公とすることになる。匂《におう》の宮《みや》と薫《かおる》の君《きみ》である。

匂の宮は明石中宮の子供であるから、源氏の孫であり、薫は女三の宮の子であるから、（秘密ではあるが）柏木の子であり、つまり頭中将（現在では致仕大臣、つまり源氏の第一の妻葵の上の兄）の孫である。すなわち、源氏没後のこの物語は源氏や頭中将の孫の世代の物語なのである。

ということは、実はこの大長編は、三つの世代（第一世代、源氏、頭中将、第二世代、夕霧、柏木、第三世代、匂、薫）を大河小説として描いたということで、そうして、この最後の部分が「宇治十帖」と呼ばれているように、舞台も京都から宇治へ転じる。

当時の宇治は、都の貴顕たちの別荘地であった。現に、藤原道長もこの地に妻倫子の父から譲りうけた別荘を持っていて、それが道長の子供の頼通《よりみち》の時代に、例の平等院となる。

今日では、堤によって遮られてしまったが、当時は京都から下った船がそのまま、平等院の前庭の池へ乗り入れられるようになっており、正面の鳳凰堂に安置された阿弥陀如来像が船の人々を来迎するように設計されていた。

この平等院は、『源氏物語』のなかでは、夕霧の別荘ということになっており、また、宇治上神社のあるあたりが、源氏の弟で、源氏に対する政治的陰謀にかつぎあげられて失脚した、八の宮の別荘であったということになっている。そうして、八の宮の別荘には、美しい娘たちが住んでいて、この娘たちと匂の宮や薫とが交渉を持つことが、「宇治十帖」の内容である。

このようにして、宇治という新しい土地が、「源氏物語の世界」のなかへはいってくることになる。今まで首都で展開されていた物語が、別荘地へ移るわけで、「宇治十帖」は一種の「別荘小説」ということになる。

この別荘地であった宇治は、ルイ王朝期にパリに対して、ヴェルサイユがそうなっていったように、やがて院政時代になると、むしろ政治の中心地と変って行く。しかし、紫式部がこの物語を書いていた頃は、まだそこまでの発展はなかった。ただ『源氏物語』の最後の舞台が京都から宇治へ移ったということが、現実の時代の移り変りと非常に似ていて、興味深いのである。

私たちは、平等院を訪れ、『源氏物語』の世界について空想する時、傍らの宇治川に、この物語のなかの最も人気のあった薄倖の女主人公、浮舟《うきふね》（八の宮の第三女）が入水したということを思いだして、昔に変らない水の流れを眺めながら感慨に耽るだろう。そうして、現に、浮舟の墓というものもまた存在している。

架空の主人公の墓が現実に立てられたというのは、物語作者にとって、最高の光栄だろう。「宇治十帖」においては、初めの頃にこの物語の持っていた、多少、童話的な、あるいはロマンチックな空気は一掃され、透明な、そして成熟した心理小説となっていく。

この部分は、完全に近代小説的であり、それは十一世紀初頭に書かれたということを信じるのを、ひどく困難にするくらいである。ここでは人物の心理そのものが、極めて近代的なのである。

物語の外の世界

紫式部は傑れた写実家だった。したがって彼女の知っている世界は、徹底的に眺められ、批判されて描きだされた。そしてそれが『源氏物語』となった。

しかし、その世界は、あくまで「源氏物語の世界」である。だから、前にも指摘したようにこの時代はすなわち『源氏物語』である、という風にはいかない。彼女の全く目に触れない「源氏物語の外の世界」もあったということを忘れては、平安後期の社会についての私たちのイメージを、片寄ったものにしてしまうだろう。彼女は世界を、あくまで後宮の女房としての視点から眺めていたのだから。

しかも、彼女はこの時代の芸術的感覚を代表するような唯美主義者であった。だからどんな残酷なことを語っても、それは優美になり、哀調を帯びたものになる。

だから、『源氏物語』だけから、この時代を想像すると、当時、政権を握っていた政治家たちは、皆、極端に女性化して、音楽と恋とだけに一生を費やしていた、と思いかねない。

しかし、古代末期の社会を支配していた支配者たちが、たとえば光源氏のような生き方ばかりしていた筈はない。実務家、能吏としての夕霧も、この物語の世界の外で、大いに男性的な日夜を送っていたに相違ないのである。

そういう男性の世界を描いた作品『大鏡』の著者は必ずや男性であって、そして唯美主義者でなく、露骨な筆致で、しばしば残酷になるし、また男性的なユーモアの感覚にも恵まれている。この書物は、女流作家の日記や随想や物語やで私たちが作りあげている世界の、美しい霧をひと息に吹き払って、当時の激しい政治生活を裸にして見せてくれる。それは管絃の伴奏を抜きにした平安朝の姿である。

たとえばある政治家は精力をつけるために、夜寝る前に毎晩生きた雉子《きじ》の首を切り落して、その生血を吸うことを習慣にしている。またある摂政は市中を車で行くのに、飲み仲間と同車して、裸になって酔いどれ、しかも暑いからといって、車の簾を開け拡げて、通行人を驚かしている。

また帝のまえで、夏、肌着ひとつになってしまうものもいるし、皇太子妃である妹が姦通して妊娠した疑いがあるといって、妹の胸に手を入れて、乳房をひねって乳が出るかどうかを験《ため》す者もいる。

そうかと思えば、最高権力者でありながら、朝、邸内を見まわらせて、前夜、残っている燭火の油を全部、壺へ戻させるというような、極端な倹約家もいれば、裸になって徹夜で博打《ばくち》に耽るという人物もある。（これは道長自身の例である）

そうかと思えば、ある大臣は帝から皇女のところへ雷見舞に行くように命じられた時、彼女の「お前」がよごれているからといって、拒絶したりしている。「お前」というのは皇女の邸の「前庭」という以外に、性的な比喩の二重の意味を持っていたのである。その皇女にはひそかな恋人があることを、彼は仄めかしたのである。

いや、男だけではない。女でも、ある貴女は胸をはだけたままで、簾を捲きあげさせて男の客に面会するし、ある皇妃は嫉妬のあまり、壁に穴をあけて、土器の破片を別の女御に向って投げつけるというような猛烈な所業もした。

こういう粗野な事件は、あるいはその噂が紫式部の耳にもはいったり、時には見掛けたりしたこともあるだろう。

しかし、彼女はその美的趣味によって、注意してそのような粗野な光景は、『源氏物語』から追いだしたのである。

だから、私たちは、もう一度、優美婉麗《えんれい》な絵巻物的な王朝の想像図のなかへ、彼女の追い払ったものを、導入し直すことで、バランスを取り戻す必要があるだろうというのである。

たとえば、私たちはこういう比較をしてみるといい。道長によって、兄の一家の勢力が宮廷から排除された時の残酷さ（当時の警官たちは皇后の部屋に乱入して暴行した）と、光源氏の亡命の書き振り。また、兼通《かねみち》、兼家《かねいえ》兄弟の出世争いにおける非人間的な異常さ（弟は兄の関白が死の床にある時、その邸のまえを素通りして参内し、兄の地位を奪おうとした）と、物語のなかの髭黒《ひげくろ》太政大臣の死の直後における、一族の冷淡さ。（紫式部はここで「貴族たちの肉親同士の愛は、一般の人よりもかえって薄いものであるから」と、さりげなく書き加えている）

こうした、現実と物語とでの相似た状況での、物語作者の事件の扱いぶりを見るとき、私たちは逆に、『源氏物語』そのものの、当時の社会的現実の反映の仕方を、はっきりと知ることができるようになる。

こうした、私たちの平安朝に対するイメージのバランス回復の仕事を、さらに押し進めようとすれば、今度は『今昔物語』という、当時の下層階級の人々を主人公にした厖大《ぼうだい》なゴシップ集があり、そのあちらこちらを拾い読みすることで、当時の文明の広い底辺に接することができる。ここでは遥か遠く雲の上に、高級貴族たちの文明生活を望み見ながら、その日の生活に追われた民衆が、地面を這いまわり、悲しんだり喜んだりしている姿が、群衆のイメージとなって、私たちを取りまいてくれる。

III 『源氏物語』の女性像

『源氏物語』の諸要素の表《リスト》は、まだ挙げようと思えば、いくらでも続けることができる。そこで今度は、あの厖大な物語のなかに、次つぎと登場してくる女性たちについて、幾組かに分類、比較しながら、感想を述べてみたい。

実はこうした作中人物の品評という試みは、いつの時代の人々も試みたので、愛読者の心理というものは、いつも似たようなことを思いつかせるわけである。

そして、こうした試みは、それを試みる当人の生きている時代の様ざまな問題を不可避的に反映し、それと絡まり合って行くというところが、また、面白いわけである。

1 藤壺—永遠の女性　葵の上—六条御息所

『源氏物語』に登場する女性のなかから、ただひとりだけを抜き出して、その女性を愛することは難かしい。

それは作者が、はじめから、当時の宮廷や貴族の家の女性たちの種々相を描き分けようと意図していたからである。

物語は序章である「桐壺」の巻が終り、いよいよ主人公である光源氏が登場すると、彼の行動が描かれるのに先立って、最初に、有名な座談会の記事が置かれている。

源氏と彼の義兄弟と、それから二人の風流男との四人が、宮中の一室で、雨の夜に女性論を闘わせるので、この「雨夜の品定め」において、紫式部は様ざまの階級の様ざまの性格の女性を比較対照して、その特徴を分析してみせる。

だから、この小説はある特定の女主人公の運命を述べるというより、諸々の女性たちの運命の絡まり合い、また様ざまの生き方や境遇を並べ合わすことに、面白さを求めている。

そこで私も、なるべく幾組かの女性の組み合せを作って、その女性の肖像を浮び上らせてみたい。

しかし、最初に登場させなくてはならないのは、これは比較を絶した女性であり、そしてその女性が、源氏にとっての、あらゆる女性への憧れの原型となっている。
それは源氏の父である帝の女御のひとり、藤壺《ふじつぼ》である。
御承知の通り、平安朝の社会は一夫一婦制ではなく、貴族は何人もの妻妾《さいしょう》を持つことが普通であったが、宮中にも女御とか更衣とかいわれる、帝の配偶者たちが幾人もいた。（それらの女性のなかの正室ともいうべきものが、皇后であり、中宮であった）
ところで、物語のなかの帝は、数多い女性のなかでも、後宮の桐壺に住む人を特に寵愛し、そして源氏を生ませたわけであるが、病弱な桐壺は若くして世を去り、帝を悲嘆に陥れることになる。

そうした帝が、ようやく精神的に立直ったのは、後宮に藤壺の女御を納《い》れたからである。そして藤壺は亡き桐壺に生写しであった。

幼くして母を失った源氏は、母とそっくりだという藤壺に憧れを抱き、やがて成長するにつれ、この継母への愛が、異性への愛と変っていった。

そのような愛情の性質の変化には、父帝も責任があった。

というのは、亡き桐壺に対する愛を忘れることのできなかった帝は、桐壺を想わせる二人、藤壺と源氏とを、常に一緒にいさせることを好んだので、そのために藤壺と源氏とは親愛しあう機会が多かった。——そして、ある時、とうとう二人は愛人の関係になってしまった。そして、二人の間には子供までできて、その子は帝の皇子として育てられ、やがて物語の後の方では帝位にのぼることになる。（もっとも、当時の皇位継承には長子相続の原則はなかったし、一旦、臣籍に下ったものでも、帝位につくことはあったから、血統の上で皇孫となるこの皇子が、源氏の子供として育てられたとしても、必ずしも帝となれないこともなかったかもしれない）

『源氏物語』は我が国の代表的古典でありながら、倫理的にきびしい風潮の時代が来るたびに、この物語の筋の出発点である、藤壺と源氏との関係は、道徳家たちの眉をひそめさせた。

今日の道徳からいっても、この関係はかなりの読者にとって衝撃的であり、『源氏物語』とは、そのような不快な小説なのかと、いやがる人もあるかもしれない。

しかし、小説というものは、しばしば人間の生活のなかの極限的な状況をあつかうものであるし、この少年と義母との関係も、実は男性の女性に対する愛の根源の姿を示すものなのである。源氏の藤壺への愛は、フロイド説を援用すれば、エディプス・コンプレックスというものである。つまり、男性にとっては最初の女性は母親であり、女性への理想像は母親によって作られる。その母親コンプレックスが、母に生写しだという継母に対して発動して、結果的には不倫な関係になってしまった。

作者はこの極端な背徳的な関係を最初に設定することで、少年の最初の恋が一生の愛情生活を決定して行く姿を描きだしたわけである。

光源氏は後年になって、紫の上という正妻を持つが、その女性も藤壺の血縁であり、また晩年に結婚する相手、女三の宮も同じ血縁である。

作者はこの藤壺という人物については、正面からはほとんど描写していない。光源氏の心のなかに、夢のように生きている姿を、ほのかに浮び上らせているだけで、だから私たちも、その少年の初恋の相手を、夢のように美しく感じることができる。

時には辛辣になることも辞さない恐るべきレアリストであった紫式部も、この女性を描きだすためには、極度に慎重な暗示的な手法を使っている。藤壺という女性は、この物語のなかに、甘美な匂いのように感じられ、そして男性たちの愛の遠い郷愁のように存在している。

だから「輝く日の宮」という渾名《あだな》で世人から呼ばれたという、この女性、源氏よりも五歳年上のこの貴女は、男性が疲れて失意におちいったりした時に、ふと幼児のような気分になって、母の胸を懐かしむ、そういう時に面影に立つような人なのである。現に、源氏も生涯で最も不遇だった、須磨へ隠退していた時期に、何度もこの人を想い出している。

この時代の貴人は元服と同時に妻帯することになっていた。

源氏も十二歳の時、父帝の妹の娘と結婚する。相手、葵の上と呼ばれた女性は、やはり四歳ばかり年長である。この年齢の相違を夫婦とも気づまりに感じていて、そのうえ、この女性は「絵に描いた姫君」のようで、美しいけれども、気持の優しさに欠けている。

一方で源氏は前皇太子の未亡人である、六条御息所という、やはり年上の女性と親しくなり、それから別にまた幼い紫の上を引きとって世話をするというようなこともあり、夫婦の間の気持は冷たくなるばかりである。

それにこの時代の結婚は、妻の実家へ夫が通うという形が多く、だから同棲しないので、気持が遠くなれば、足も遠のくこととなるから、夫婦といってもほとんど名ばかりという関係も多いわけである。しかも、たいがい政略結婚だから、離婚することもできない。

しかし夫婦というものは不思議なもので、このあまり親愛し合わない二人も、結婚後十年にして、妻が妊娠すると、急に気持のうえで通じるものが生じてくる。源氏の足も、子供をやがて生もうという妻の許へ、しげく向くようになり、幸福な生活がこれから始まるような予感を読者も持つ。

ところが、十年たって漸《ようや》く夫婦らしくなったこの一組に、突然、運命は一撃をくらわせて、妻は子供を生むと間もなく死んでしまう。

なんらの愛もなく、親の命令で年下の夫を持たされ、しかもその夫から深く愛されたという記憶もほとんどなしで、しかし子供だけは生んで、そしてこの子供を育てるという喜びは与えられないまま、死んで行ったこの女性は、この物語のなかでは、不幸な役割を振り当てられている。

しかし、私たちの周囲にも、そうした、形だけの妻、――外面から見ると一見は、何不足もなさそうで、しかし、心の中は空虚な妻――というものは、案外多いかもしれない。

そして、彼女は正妻であることによって、夫の女性たちを嫉妬するよりも、かえって自分の方が嫉妬されるということにもなり、また、羨《うらや》まれもするのだから、自分の心の底の孤独は、いよいよ他人に理解してもらえない、ということになる。

そのうえ、自分は妻だという誇りを夫に押しつけるから、夫はつい、気持が重くなって、他の女性の方へ逃げても行きたくなってしまう。

もし、この葵の上が源氏の妻にならなくて、彼と情人の関係になったのなら、あるいはもっと二人は判り合ったのかもしれない。

それにしても、人生にはもっと大きな不幸も悲運もあるのだし、この物語のなかでも、この女性の生涯は、小さな悲惨の生涯、――他人に不幸を聞かせても、余り同情もしてもらえない不幸の生涯――といえるだろう。

現に彼女の当面のライヴァルとなった、前皇太子妃の六条御息所は、一生の間、源氏に葵の上という妻があることに苦しみつづけねばならなかった。

ある祭礼の日、彼女の車と、葵の上の車とが、見物のためにいい場所を取り合おうとして、従者同士の喧嘩になって、屈辱を受ける。従者たちのなかにも、二人の女性の日頃からの対抗意識が生きていて、このような現われ方をしたのだった。

この「車争い」の事件は御息所の誇りをひどく傷つけることになる。それは自分が源氏の妻でない、ということを、公衆の面前で思い知らされたような結果になった。

彼女は非常に教養の高い女性で、そうして若い崇拝者たちに囲まれていた。彼女の邸は一種のサロンであった。（実際に、この時代にはフランスの十七、八世紀の頃のように、貴婦人を中心とした文芸的サロンのようなものが、いくつも存在した）

そうした彼女は、自分の教養や気位にもかかわらず、心の底に、自分でも圧し殺せない、女性らしい執念が燃えていた。

源氏が身分の低い夕顔という女とふとした浮気をした時も、その逢引きの場所に、彼女の「生霊」が現われて、夕顔を呪い殺してしまうし、また、正妻の葵の上が出産の床についた時も、「物の怪」となって彼女にとりついて苦しめる。

この彼女の執念は死さえも亡ぼすことはできなかった。葵の上の死後、源氏の正妻となった紫の上が危篤に陥った時も、その物の怪は現われるし、さらには源氏晩年の妻、女三の宮が若い男と恋愛し、子供まで生んだ後で、尼になるという不幸におちいった時も、その尼になる儀式の夜に、彼女の死霊が現われて、その結婚生活の破滅は自分の呪いであったと、あざ笑うのである。なんという激しくて、そうして長く続く執念だろう。この女三の宮のところへ、彼女の死霊が物の怪となって現われたのは、実に彼女が源氏を知ってから三十年後なのである。

私たちは女性の本質に潜む、執こい執着心――それはもう、愛なのか憎しみなのかも判らなくなってしまっているのだろう――を、この六条御息所という女性のなかに発見して、背すじが寒くなる思いがする。

しかし、恐怖のなかに、どこかしら一抹の甘美な想いが混り合っているのは、男女の関係の不思議さだろうか。

一体、男性は葵の上のような、執こくない女性に物足りない思いをする方がいいのか、六条御息所のような、死後もたたるような執着に圧倒される方がいいのか。これは難かしい問題だろう。

しかし、御息所は先にも述べたように、一方では、機智あふれる知性的な面も備えているのである。若い源氏はこの女性の二つの矛盾した面の両方に、振りまわされていたのかもしれない。

2　空蟬―夕顔、末摘花―源典侍

次は、空蟬―夕顔と、末摘花《すえつむはな》―源典侍という、二組の女性に登場してもらおう。

最初の組は悲劇的組み合せであり、後の方は喜劇的組み合せである。だから、各組の各おのが鋭い対照をなしているとともに、組同士もまた、見事な対比を作りあげている。そして作者紫式部自身も、「若紫」の巻の前に「空蟬」の巻、「夕顔」の巻を置き、後に「末摘花」の巻、「紅葉《もみじの》賀《が》」の巻を置いて、照合の妙を作りだしている。

空蟬と夕顔とは、どちらも大貴族である源氏にとっては、秘密の恋の相手であり、身分にふさわしくない女性である。

しかし、単なる浮気ではなく、彼の十七歳の心を底まで揺るがした相手であり、一生、忘れることのできない、深刻な体験を与えられたのだった。空蟬は後に尼になったあと、源氏の邸に引きとられたし、夕顔については晩年になった源氏が想い出しては嘆いている。

源氏が空蟬と知り合ったのは、彼が自分の部下の邸へ泊りにいった時で、彼女はその部下の老いたる父の若い後妻であった。

暑い寝苦しい夜中に、不意を襲って源氏は彼女の身体を奪ってしまう。しかし、女はそうなったあとでも、彼に心を許そうとはしない。

今までの経験では、女性たちは源氏からいい寄られれば、多少の抵抗を見せても、結局、なびいてしまう。いわんや、深い仲になれば、向うから夢中になってくる。

身分と美貌とが、源氏の女性経験をそのようなものにしていた。

だから、空蟬によって、はじめて彼は、本当に抵抗する女性というものを知ったのだった。そしてその抵抗が彼には全く新しい魅力だった。同時に、あまりに執拗な抵抗が、はじめて恋の苦しさというものを源氏に味わわせることになる。

多分、源氏は生れてはじめて、自分の意に従わない他人というものに出会ったのだ。

勿論、空蟬は源氏の魅力に敗けなかったわけではない。いや、彼女は源氏を愛しはじめたからこそ、彼を避けたといえる。

彼女は誇りの高い女で、生活の困窮から老地方官に身を任せている現在の境遇に、心の空虚さを感じていたのだ。しかも、一時の心のときめきに任せて、現在の安穏な生活を抛《な》げうつほどの、ロマンチックな小娘ではなかった。

そのうえ、自分が口説く以上、従うのが当然だと思いきめている源氏の態度、また身分の低い女に対しては気軽に浮気をしかけてもいいと思いこんでいる彼の傲慢さ、そうしたものが、空蟬の心の誇りを傷つけたのだった。

彼女はだから、男が本気になって迫ってくればくるほど、侮辱されているように感じて、心を閉ざしてしまう。しかし、その閉ざされた心のなかには、一方で激しい恋心が燃えてきて自分の日常生活の空虚さが、いよいよ惨めに感じられてくる。

これは極めて近代的な心理の葛藤であり、彼女はクレーヴの奥方とか『狭き門』の女主人公アリサなどと、同じ種族の女性である。

青年にとっては最も厄介な相手というべきである。


そうした苦しい緊張したゲームを空蟬とやっている最中に、疲れきった源氏を軟らかく包んでくれるような女性と知り合ったのは、彼にとってはなんという救いだったろう。

源氏は下町の方へ、乳母の病気見舞いに行き、隣家に寄宿している女性、夕顔と知り合う。

彼女は経歴をかくしていたし、源氏の方も身分を明かさないで交渉を持ってしまう。

しかし、彼女はただひたすらに優しい女性で、なんの疑いもなく彼を受け入れ、彼の心を慰めてくれる。そこには、なんの面倒な心理的なゲームも発生しない。

源氏は下町のごみごみした街並みのなかで、庶民の生活の物音に耳を傾けながら、その女を抱いていると、従順なその女の身体が腕のなかに気持よく溶けてしまうような思いを味わったにちがいない。そうして自分の心も様ざまの生活のわずらわしさから脱却して、平和な眠りのような状態になるのを感じたことだろう。

男にとって、自我を脱却させてくれる女、時間のない世界へ魂を遊ばせてくれる女は、ひとつの理想だろう。それはあるいは、母の胎内で眠っていた頃の、生れる前の平和の状態へ男の心を引き戻してくれるからかもしれない。

空蟬との複雑な追い掛けゲームによって、心の安静を全く失いかけていた源氏は、思いがけない、この女性との出合いによって、ようやく心が安まった。

しかし、この女性は、彼が人里離れた別荘に連れて行って、静かな孤独を愉しもうとした晩、その古い建物に住む妖精に見こまれて、突然に死んでしまった。

それはいかにも、頼りないくらいに優しいこの女性の死にふさわしいものではあったが、源氏を悲嘆の底へ突き落すものだった。

彼は悲しみのあまり病気になる。すると思いがけなくも、空蟬から愛情をこめた見舞いの手紙が送られてくる。

追えば逃げ、追うのをやめれば向うから呼びかけてくる女なのである。

そこで、喜んだ源氏が面会を求めてやると、また拒絶されてしまう。

――空蟬と夕顔。このどちらに男性はひきつけられるだろうか。

両方ともに、限りない魅力を感じることは事実である。一方は男の心を、その知的な微妙な駆け引きによって、活発にさせ、生きている喜びを感じさせてくれる。別の一方は、完全に心を眠らせ、休息させてくれる。

しかし、そのどちらとも、結婚生活を送ることを考えると、危険な気がするのではないか。

空蟬と暮せば、男は一刻も神経の休まる時がないだろうし、夕顔と暮せば男は腑抜けになって、働くことを忘れるだろう。

――それでは、この二人のどちらに、同性である女性は共感を持つだろうか。この答えも面白い。

恐らく一応は、空蟬のような知的な複雑な女は、同性の眼にはかえってコケットリーに満ちた、芝居じみた女に感じられるのではないだろうか。『虞美人草《ぐびじんそう》』の藤尾のような。

そうして、夕顔の方は、同性にも愛され、保護してやりたい気持を起させるだろう。

しかし、現代では逆に、夕顔のような女性は、男性の愛玩物に過ぎないとして嫌悪の眼で見られ、空蟬のような女性のなかにこそ、独立した人格を発見して喜ぶ、という新しい傾向も生れてきているだろう。

悲劇のあとに、喜劇が来る。

空蟬と夕顔との二つの悲恋に心を痛ませた翌年、源氏は十八歳。

相変らず正室葵の上とも気持が合わず、六条の高貴な恋人、御息所にも心を休ませられない源氏は、また夕顔のような気立ての優しい女性を求めていた。

そうしてある宮の姫君で孤児となった人が、ただひとり荒れはてた邸に、古い楽器だけを友として、心細い暮しをしている、と知らされる。

身分の高い姫君が、落ちぶれて音楽だけを愉しみに孤独に暮している、というのは若い源氏のロマンチックな趣味にぴったりだった。

彼はその邸に忍んでいって、心に染みいるような琴の音に耳を傾け、いよいよ淋しい美貌の、物語のなかの姫のような姿を空想する。

しかも、源氏の妻の兄である人、当時、頭中将だった人物は、一生を通じて公私ともに源氏のライヴァルになるのだったが——そうして夕顔も実はかつて、頭中将の想い者であり、子供まで生んでいた。そして、その子は後に源氏が引き取る——その、源氏にとっては義兄である頭中将も、やはりこの姫君、末摘花に恋を仕掛けていた。

その競争意識がいよいよ源氏を駆りたてて、とうとう姫君と関係を結ぶ。

しかし、最初はそうした生活の姫君らしい、奥床しい遠慮深さと感じられていたもの、あるいは名家の娘らしい重々しさと思われていたものが、源氏には間もなく、世間知らずの、時代おくれの鈍重さだということが判ってくる。

手紙にも、服装にも、若い娘らしい華やかさもなければ、感覚のひらめきもない。姫の周囲にいる女房たちも、皆、老齢で前代の遺物のような、埃《ほこり》っぽい連中ばかりだった。

しかも、源氏にとっての最後の打撃は、彼女の容貌の、並外れた醜さであった。

当時の恋愛の習慣では、夜、男が忍んで行って、明方、帰るので、ある程度、関係が深まらないと、女の顔を見ることができない場合が多かった。

末摘花の場合もそうで、事実上の結婚生活に入ったあとの、ある雪の朝、姫が長い顔で、鼻が象のように垂れ、しかもその鼻の先が赤くなっている、そうして「骨が着物を持ちあげている」という身体つきなのを発見して、源氏は失望する。そして頭中将に知られたら、ひどくからかわれるだろうと、心配する。

しかし、このような身分の高い姫君を、それなりに捨ててしまうことはできないから、彼はこの一家の面倒をみることになる。世間的には源氏は親切な、責任感の強い男だということになる。

家柄はいいが古風で、周囲の人のいいなりになり、内気で醜い娘——というのは、現代でも、時どき、見られる。しかし、それを笑い物にしてしまうというのは、若い貴族らしい、源氏の無意識の残酷さである。

彼は邸へ帰ると、幼い紫の上を相手に、末摘花の醜い容貌を冗談にして遊んだりする。私たちはそういう、傲《おご》りたかぶった源氏に反感さえ覚え、この娘に同情したくなる。

が、娘は多分、そのように他人に無視されることに慣れていて、むしろ源氏の世間的配慮と物質的援助とを感謝しているわけだろう。

もうひとつの喜劇は、その翌年、源氏が六十歳に近い宮廷女性の恋人になることにはじまる。彼女は一生を、その才気と好色とによって通して来た女だったが、若い源氏を手にいれたことで、得意になった彼女は軽率にも、その関係を宮廷に知られてしまう。

と、ライヴァル意識の強い頭中将も、早速、立候補して、やはりこの女、源典侍の恋人となることに成功する。

ある晩、彼女の部屋で源氏が寝ていると、男が入って来る。源氏は女の夫が来たのかと驚いて、逃げようとするが、男は太刀を抜いてあばれる。

それが頭中将だと気付いた源氏は、相手に組みついて、とうとう二人とも裸になってしまう。その乱闘のあいだ、老女は床のうえに裸で坐って、震えていた。

翌日になって、二人の貴公子は衣服を間違えて持ち帰ったことに気付いて、交換する。そして役所で顔を合わせた二人は、大笑いする。

これは文明が爛熟の頂点に達した、平安朝後期らしい、変態的な恋の遊びである。

そうして作者は、この青年たちの罪のない悪ふざけに笑っている。

現代の私たちには、この事件は、少々、後味が悪く、不潔すぎるようにも感じられるだろう。

3　紫の上—明石の上—女三の宮

次は源氏の三人の妻について考えてみよう。

紫の上はこの物語のなかで中心的位置を占める女性であり、作者はあるいはこの物語そのものを光源氏の物語にする以前に、最初の計画では、この紫の上の一代記のようなものとして構想していたのではないかとさえ想像できる。

紫の上は未だ子供だった頃に、源氏に見染められる。彼女はすでに母を失って祖母に育てられていたのだが、その祖母も死んで、父のもとに引きとられると決った時、源氏は策略を用いて自分の邸にさらってきてしまう。

そうして彼女を彼の理想通りに育てるという実験にとりかかる。

そうしてこの実験は、源氏の熱意と彼女自身の素質とによって、見事に成功し、したがって源氏ははじめて、自分の気にいった通りの女性を妻とすることに成功したことになる。

源氏がどうして、この少女をこれほど熱愛したかというと、それは彼女が彼の初恋の人、藤壺女御の姪《めい》であり、その面影を備えていたからである。

ということは、この少女が源氏の母そっくりだ、ということになる。

多くの男性にとって、母親は女性の理想像であるということは、昔からいわれていることであり、また、近代の精神分析学、深層心理学もそれを証明しているが、源氏は正に、母のイメージそのものの女性を妻とすることができたのだし、また、自分の精神や感覚や趣味やに一致した女性と一生の間、暮すという幸福を得たわけである。

普通は男女は、お互いの人格なり好みなりを一応形成しおえたところで初めて出会い、そして共同生活をすることになる。

それは考えてみれば大変な冒険であり、お互いの性格なり感覚なりが非常に開いていて、そして妥協性のとぼしい場合は、その結婚生活は難かしいものとなる。物のいい方、考え方、食物の味、そうした日常の習慣の違いが、しばしば家庭を不幸な冷たいものとすることは、私たちのまわりにいくらでも実例があるだろう。

たとえ、表面ではうまくいっているように見えても、夫婦のどちらかが、あるいは両方が我慢することで、ようやく平和を保っていることが少なくない。

しかし、十歳の女の子を引きとって、初めから自分の思う通りに教育し、日常生活も共にして暮した上で、結婚生活に入れば、そのような不調和は起り得ないから、源氏は男性として、稀にみるうまい結婚の仕方を発見したということになる。

彼も最初の妻、葵の上との間では、この「性格の不調和」というものに、妻の死ぬまで悩まされていたのだったが、紫の上を得ることで、ようやく家庭の平和を獲得したわけである。

しかも、この時代の多くの結婚生活の場合は、夫が妻の実家に通うという形が普通であったが、源氏は初めからこの娘を自分の家に引きとって、家族として朝夕、起居を共にしていたし、結婚前からすでに寝床も一緒で、いつとはなしに、夫婦関係に入って行ったので、そういう点でも、最も自然な男女の結合の形かもしれない。

紫の上という女性は、そのうえ、晩熟だったようで、十歳になった時も幼児のようで、可愛いと同時に祖母には、その幼さが心掛りでもあった。

そういう柔らかい心に、物心がついて行く初めから、源氏を夫たる男性であると、乳母などに絶えずいいきかされて育ったのだから、彼女の側からは、なんの選択の力も加わらず、他の男性との間で、心が迷うという経験もなしに、夫に抱かれる、という珍しい場合になった。

幼さが彼女の場合は幸福の原因となった。幼さとそれに伴う素直さとが、彼女の一生を成長の連続にした。

ある種の女性は結婚と同時に、成長が停り、それが夫を早く飽きさせてしまうことにもなるのだが、紫の上という女性は、結婚後も、絶えず新しい成長を続け、魅力を増して行った。「去年より今年はまさり、昨日より今日は珍しく、常に眼なれぬさまのし給へる」と、彼女は描写されている。つまり毎日、顔を見るたびに新鮮な、新しく生れた女性のような感じを与えた、というわけである。

彼女は明るくて現代的であり、華やかで知的であり、貴族的で、同時に官能的であり、そうして母性的な優しさにも欠けていなかった。

源氏はそうした彼女を「春」の季節にたとえている。

しかしどのような理想的な男女の結合も、外的な事情の変化によって犯されることになるのは、何時《いつ》の時代も同じである。

源氏は須磨に流遇することになって、永い別居生活に入る。

私たちは戦争時代に、愛し合う多くの夫婦が別居を余儀なくされることで、その愛が崩れるのを目撃したが、源氏もこの亡命時代に明石《あかし》の上《うえ》なる女性と関係し、子供までできてしまう。

この明石の上という女性は、中流階級に属していながら、家庭の教育のために非常に誇り高くなっている。その気位の高さが、源氏の側の階級的な蔑視と対立して、初めのあいだは、一種の根くらべのような恋愛となり、それが逆に源氏の征服欲をつのらせるということになった。

源氏は彼女のなかに、どことなく、かつての六条御息所を連想させるものを感じて惹かれてゆく。しかも、彼女は、逢うたびになつかしさを増すような、すぐれた資質の所有者だった。

都会生活から離れ、わびしい漁村の生活に疲れていた源氏は、彼女のなかに「都会」を見たともいえるだろう。もし、京都で彼女を知ったなら、彼はそれほどこの女性にとりことなりはしなかったかもしれない。

しかし、彼の趣味にあっただけの教養も気品もある女性は、明石の村には他にひとりもいなかったのだから、その女性に彼が溺れてしまったのも当然だった。それに、彼は亡命生活のなかで、ほとんど自分の帰京に絶望していた。

絶望が愛欲を強めることがあるのも、多く見られるところである。

そうして、中央の政治情勢の急変によって、再び源氏が都に召還されることになった時は、もう女は妊娠していた。

源氏はいずれ女を都に呼びよせようと決心して上京する。

誇り高い明石の上は、源氏の邸へ引きとられて多くの妻妾と一緒に暮すとなれば、自分の身分の低さから屈辱的な待遇しか受けられまいと想像すると、上京する気持になれない。

といって、新しく生れた子供の将来を考えると、田舎にいたのではどうにもならない。

その悩みの末、とうとう都に近い大井川沿いの別荘へ、娘をつれて移りすむ。そこへ源氏は通うことになる。

紫の上の唯一の欠点は、子供を生んでいないということであったから、この大井の山荘で明石の上と娘と過す時間は、源氏にとっては新しい団欒《だんらん》の経験となり、それが魅力となった。

彼は従来にないことだったが、ここでは略装で庭へ下りて植木の手入れなどを愉しんだりしている。

明石の上は、はじめから正妻の紫の上を意識し、対抗心を燃やしていたし、また都の生活では、源氏を紫の上にとりもどされるだろうと絶えず惧《おそ》れていたのだから、自分の魅力を増すために、努力をおこたらなかった。またそうした努力を成功させるだけの聡明さの所有者でもあった。

紫の上は結婚後初めて、最も強力なライヴァルに出会ったわけである。

しかし、源氏はこの二人の間でどちらかを選ぼうという気はなかった。幸い時代は一夫一婦制ではなかったのだから、それも可能だった。

しかし、冷戦状態にある二人の女の間を往復して暮すのは、男性には心理的負担に耐えられないところである。

源氏はこの二人の間の戦いを解消し、和解状態を作るために、明石の上との間の娘を本邸に引きとり、紫の上の養女とし、やがてその娘は入内することとなる。

そうしたことで、ついに二人の女は一人の娘への愛を仲介として親密になり、明石の上も本邸へ引きとられる。

つまり明石の上はついに紫の上の競争者であることを諦めることで、実質的な幸福を手に入れることになったわけである。

しかし紫の上の晩年には、さらに強力な競争者が現われる。そして今度は、その新たな家庭内の対立を収拾することに、源氏は失敗してしまう。

源氏の兄の朱雀院は出家に際して、娘の三の宮を源氏に後見させようと考える。当時においては「後見」というのは、結局、結婚ということである。源氏は兄の心事を思いやって承認するが、その根底には中年男の好色心も働いていた。

この女三の宮は、またもや藤壺女御の姪だったのである。

源氏にとって、母の身代りであり初恋人だった藤壺は、一生の間、彼の心のなかを支配しつづけているということになる。

明石の上に対する紫の上の優越の根拠は、その出身階級の高さであった。それがついに明石の上を競争者としての地位から追い落したのだった。

しかし、身分ということになれば、今度の女三の宮は皇女である。紫の上の方が風下に立たなければならない。しかも宮の父は源氏の兄であり、先の帝である。

とすれば、源氏はただ新妻に対する愛からだけでなく、兄に対する思いやり、また、世間体からしても、女三の宮に親切にする必要がある。

そうした夫の立場を理解できる紫の上は、今度は自分から競争者の地位を下りることを考えないわけにはいかない。そして、その屈辱を自分に受け入れるためには、出家が唯一の解決策だろう。

しかし、それは源氏が許さなかった。

ところで、源氏と女三の宮のあいだはうまくいったかというと、年齢の開きは決定的な作用を行なった。

円熟した源氏にとって、この未成熟な小娘は、不満な点ばかりが目についた。源氏は新しい妻を、腑甲斐《ふがい》ない、哀れな人形のようにしか感ぜず、真実の愛を覚えなかった。

しかし、公平にいって、彼女は駄目な女というより、世代の異なる女だったのである。

その証拠には、若い時代を代表する優れた貴公子のひとりが彼女を愛し、ついには彼女は妊娠してしまう。

源氏にとってつまらない女であった筈の女三の宮は、次の世代の青年には、まことに好ましい女性と見えたわけである。

しかし、この新妻の恋愛事件は、相手の貴公子を死に追いやることになり、また源氏の家庭に混乱を惹きおこすことにもなって、源氏の晩年はまことに暗いものとなる。

紫の上は病死し、女三の宮は出家する。

明石の上だけは、巧妙に身を退いていたので、自分の娘の生んだ皇太子や多くの皇子皇女たちにかこまれて平和な後半生に入っていく。

この三人の妻の運命を考えると、私たちは現代生活のなかでの、妻の様ざまのあり方の上に、自然と思いが移って行くのを禁じえないだろう。

4　愛人──その様ざまなタイプ

源氏は何人かの妻を、次つぎとめとったが、その間にも様ざまな情人を持った。それは彼が人並み外れた多情な男だったというより、当時の貴族社会の風習であった。ただ作者紫式部が、恐らく自分の満たされない欲望を空想のなかで解き放って作りあげたこの小説の主人公は、行状そのものは当時の風習に従っているとしても、恋愛におけるその心の放蕩《ほうとう》ぶりは、いかにも女性向きにできている。そこのところが興味深い。

まず、第一に源氏は様ざまな型の女性のあいだを遍歴している。男性によっては、その理想の女性の型はひとつだけで、何人、情人を持っても妻と同じ型の女である、という場合があるが、源氏はその正反対で、ほとんどあらゆる型の女性に関心を持ち、いわば自分のその恋の多様性そのもの、ひとりひとりの女の違いそのものを愉しんでいる。

第二は、作者自身が、好きな女と嫌いな女との間に差別を立て、そして主人公源氏に、その差別に従って愛情の度合を左右させている。

作者が軽蔑しているのは、愚かな女である。そして、女は愚かさによって、男から冷淡に扱われても仕方ない、と突き離している。

源氏は雨夜の品定めの翌日、方違に行って老いたる地方官の若妻、空蟬を知り、彼女に夢中になったのだったが、一度、無理じいされたあとの空蟬は、源氏のいうなりにならない。そのために源氏はいよいよ強くこの中流の女に惹かれていって、ある晩、とうとう彼女の寝室に忍びこんでしまう。そして、そこに寝ている女と関係するのだが、途中でそれが目ざす女でなく、宵のうちに彼女と碁を打っている姿を隙見した、空蟬の継娘であることに気付いた。

その娘、軒端《のきば》の荻《おぎ》は、快活で軽薄で、華やかな女だった。肉感的な、今日でいえばグラマーであった。それは継母空蟬のつつましやかで知的なのとは、正反対で、男の軽い浮気心をそそる。だから源氏は相手を間違えたと気が付いた途端に、自分の気持を浮気心にとり換えて、彼女と関係を結んでしまう。

作者はこの女を、男が忍んで来て抱かれるまで眠りこけているような愚かな女として描き、そうしてその後は源氏に極めて冷淡にこの女を扱わせている。

女が愚かなのだから、仕方がないだろう、と作者はいおうとしているように見える。

彼女はその後、別の男と結婚したのだが、源氏はその婿《むこ》が相手の処女でないことに気付いても、最初の男が源氏であると判れば諦めるだろうと、いい気なことを考えている。この場合の源氏は甚だ厭味な男だが、作者としては主人公の厭らしさに気付いていないくらい、軒端の荻をばかにしているようである。

魅力の少ない女は、つつましく身を退いている方が賢明で、軒端の荻のように有頂天になるのはみっともない、というのが紫式部の考え方らしい。

軒端の荻と対照的なのは、花散里《はなちるさと》である。

彼女の姉は、源氏の父桐壺帝の女御のひとりだったが、子供もなく後見者もないので、父帝の崩御のあとでは、源氏が世話をしていた。妹の花散里とは源氏は、姉の女御が後宮で暮していた時に、情人の関係になっていた。

しかし彼女は特別な美貌でもなく、才気もなかったから、源氏は特に彼女を深く愛していたわけではない。が、花散里は軒端の荻のように、はしたない女ではないから、世にもすぐれた恋人に対して、自分の分を守ろうとした。

その出過ぎない態度が、源氏には快く、時おり、姉の女御を見舞うついでに、同居している妹の方をも訪問するようにして、関係が続いていた。

そうして、やがて彼女は源氏の本邸二条院に引きとられ、「夏の御殿」が与えられた。(「春の御殿」が紫の上、「冬の御殿」が明石の上であるから、ずいぶん、彼女は優遇されているわけである)

彼女はそうして正式に源氏の妻のひとりとなったわけであるが、そうなるとなおさら彼女は控えめになり、源氏一家という大家族のなかで、専ら家政婦のような役割に自分を限定した。彼女は源氏と、肉体的な関係は断ち、そうして源氏の子供の夕霧を育てたり、さらには夕霧の成人後は、今度は彼の娘を養女にして世話をしたりした。一家の衣類の面倒をみたりするのも、彼女の仕事だった。

こうしたつつましさによって、彼女は源氏にとって、不可欠な女性となることに成功した。作者もそうした彼女の生き方に、明らかに好意を見せている。

しかし、現代の女性たちにとっては、軒端の荻の、自分の感情を率直に表現したり、嬉しい時には浮きうきしたりするのは、かえって好ましいかもしれず、花散里の生き方は、もどかしくも、時には狡《ずる》くも感じられるかもしれない。

そういう魅力の少ない女性とは逆に、激しい情熱に源氏を狂わせてしまう女たちもいる。そのなかで最も対照的な一組を選ぶと、朧月夜《おぼろづきよ》の尚侍《ないしのかみ》と、朝顔《あさがお》の斎院である。朧月夜はその肉体によって源氏を夢中にさせ、彼の人生を動顚させてしまうし、朝顔は最後まで源氏に身を許さないことによって、やはり彼の家庭生活に波乱を生じさせる。これは両極端なひと組である。そしてその共通点は、源氏を徹底的に支配し、前後を忘れさせてしまったという点である。

男に身を許してしまったら女の負けであるという説が世間にはある。また、逆に、男女の仲は結局、肉が関与しなければ続くものではない、という意見も一般化している。しかし、朧月夜と朝顔との場合を見ると、男は相手の女の肉を知ればしるほど深く溺れていくということもあり、また、逆に拒否されればされるほど惹かれていくということもある、という真実が見られる。つまり、両極端の通説が、相手の女次第でどちらも否定されるような恐ろしい事態が発生する、ということで、男というものはなんと弱いものであるか、ということにもなり、そのように弱くなって女の自由になっている瞬間の男は、あるいは彼の生涯のなかで最も幸福な状態にいるかもしれないとも思われる。それが愛欲の不思議さというものだろう。

源氏が朧月夜を知ったのは十九歳の時だった。そしてその関係は五十歳近くまで、三十年間にわたって断続して続くのである。

宮中の桜の宴の果てた後、若い源氏は酔った勢いで後宮の庭をさまよい歩いているあいだに、ひとりの見知らぬ高貴の娘が「朧月夜に似るものぞなき」と古歌を口ずさみながら通りかかった。春の夜の宴会のあとで、心の浮きたっている娘に闇のなかで出会う。それは浮気心をかきたてるすべての条件が、そこに集中したようなものである。

源氏は娘を一室に抱きこみ、そのまま深い仲になる。別れる時にお互いの扇を取り換えて、名前は知らせずに立ってしまう。いかにも一時のはかない浮気心にふさわしいやり方である。

ところがこの一時の出来心が、それだけでは終らなかった。

その女は、源氏の兄帝のところに入内することに決っており、しかも彼女の姉は宮中を支配していた弘徽殿《こきでん》の女御で、彼女の一族は源氏を政治的に敵視して、失脚させる機会を狙っていたのである。それなら二人は関係を断ってしまえば安全なのに、女は兄帝の寵姫となった後も、積極的に源氏を迎え入れた。

そうして隙をみては、あるいは宮中で、あるいは女の私邸で、危険きわまりない密会が続けられ、ある日、とうとう彼女の父に現場に踏みこまれてしまう。

こうなっては、源氏の保身の唯一の手段は、都を離れることである。そうして彼の須磨流遇の時代がはじまる。つまり、この女の官能の魔力が、とうとう男を社会的に失脚させてしまったのである。

源氏の兄帝はしかし、この朧月夜を愛していた。そして源氏に対する彼女の想いも知っており、寝室のなかでも源氏のことをいい出しては、彼女を苦しめた。帝は一方で弟の源氏をも深く愛しているのだから、優しい帝の態度は、なおさら彼女にはつらかった。

それなのに、源氏が政治的に復活して帰京すると、二人の関係も復活してしまう。その愛欲の強さは、理性の力をあざわらっているように思える。


一方の朝顔はやはり源氏がまだ空蟬などを知るまえから想いを寄せていた女性である。しかし女は彼に許さなかった。父親は二人の仲を認めようとしていたにもかかわらずである。そのうちに、女は斎院になる。厳重に処女を守らなければならない身分である。にもかかわらず、相変らず源氏は彼女にいい寄っているという噂が流れる。この噂も源氏の須磨流遇の理由のひとつとなった。

やがて女はまた世俗の人に戻る。源氏の恋心は燃え上るばかりである。ついには彼は最も愛していた正室紫の上をさえ避けて、宮中でばかり暮し、もっぱら朝顔を口説きつづけることが、唯一の仕事のようになってしまう。

源氏の従者たちまで、主人の好色を苦々しく思うまでの乱れぶりであった。

あまりはしたない露骨な嫉妬を示さない紫の上さえ、怨み言をいいはじめる。しかも女は源氏になびかない。

朝顔は意志の強固な、そして、珍しく物事を冷静に眺めることを知っている女性であった。恋に身を任せ、情の命ずるままに行動するのが普通であったこの時代に、源氏の恋心の真剣であることを知りながら、また源氏の男性的魅力には惹かれながら、しかも、父も願い、父の亡きあとは彼女の周囲の人々に強く受け入れるようにすすめられながらも、最後まで源氏を拒否しつづけた。そうして処女のまま一生を送った。

どうしてだったのだろう。——彼女は源氏の魅力に抗《あらが》いがたく惹かれていた。しかし同じ魅力が当然、他の女性をも陥落させてしまうことも判っていた。

現に彼女の眼のまえで次つぎと源氏を巡る女たちの悲劇が展開していた。彼女はあの葵の上と六条御息所との車争いの事件の目撃者でもあった。

彼女はそうした女たちのひとりになりたくなかったのである。

それでいて、稀に面会することがあると、誇り高い源氏が我を忘れてしまうようなことになるのは、彼女自身が余程、魅力のあった女性だということになる。

源氏は誇りを傷つけられたから意地になって征服しようとした、というのではない。抗いがたい吸引力によって惹きつけられ続け、やはり朧月夜の場合と同じように、実にこの情熱は三十年間、長持ちした。

それはやはり、朧月夜の場合と正反対でありながら、理性を超越した愛欲の力のものすごさを物語っている、というべきだろう。

そうして、源氏は一生の間、ついに我がものとすることのできなかった朝顔のことを思うたびに、甘美な苦しみが胸を満たすのを感じたことだろう。

5　内大臣の娘たち

『源氏物語』はその表題のとおり、光源氏の物語であるが、小説というものは主人公に対する対立者が必要で、その二人の対抗関係によって筋が発展していく。

光源氏には頭中将が終始一貫して、ライヴァルである。

この人物は物語に登場した時は蔵人少将《くらうどの》であるが、源氏と「雨夜の品定め」をやった頃は頭中将に昇っており、順調に出世して、内大臣から太政大臣の最高位にまで至る。

彼は一生のあいだ、源氏の最もよき友であると同時に、公的生活においては宿敵となる運命にある。しかし、二人のあいだは周囲の政治情勢から最も緊張した事態が起っても、結局は友情が勝をしめる、という美しい関係である。

この人物、今、かりに娘たちを結婚させる頃の官位に従って、彼を内大臣と呼んでおくが、彼には数人の娘があった。その娘たちについて今度は考えてみよう。

というのは、この時代の常で、同じ父の娘であっても、その母の身分や生活環境によって、彼女たちの生涯は大きく変っていくから、そのひとりひとりの生き方のあとを追って行くと、この時代の階級のあり方が明らかになって、面白いのである。

最初は正妻の生んだ娘弘徽殿の女御である。

頭中将は源氏の正妻の兄であり、当時の宮廷の支配者のひとりである右大臣の婿となったのだから、この結婚は完全な政略結婚の結果であり、したがってそこに生れた娘は、当時の最高の貴族の娘の歩む道を進んでいく。

つまり、彼女は宮中に入って、冷泉帝《れいぜい》の女御となる。そして源氏の母の桐壺の女御もそうであったように、数多い女御たちのあいだで、君寵を争うということになる。

彼女——弘徽殿の女御にとっての最大のライヴァルは、源氏の後援で入内した前斎宮であった。この新しい女御は絵の愛好家であったため、同じ趣味の帝の気持がそちらに傾く。

そうして、二人の女御のあいだで、有名な「絵合せ」という対抗競技が行われることになる。この後宮内部での争いは、結局、源氏と内大臣（頭中将）との力関係によって、前斎宮が中宮となったことで勝負がつく。

負けた内大臣は、一時、娘を自邸に退出させてしまう。しかし、やはり彼女は宮中での勢力が強く、他の家からは彼女に遠慮して、帝に娘を差しだすことができないくらいである。

このように書いてくると、この弘徽殿の女御という人は、生れた時からその運命が決っていて、いつも父親やまたその周りの政治的判断によって進退が左右されるので、したがってほとんど個性というものがないようにみえる。ただ上品に慎み深く育てられ、兄弟にも顔を見せたことがないというくらいである。

彼女に個人的感情が芽生えたのは、後に彼女の妹（玉鬘《たまかずら》）の娘が入内し、君寵が自分の姪の方へ移ってしまった時だけかもしれない。さすがにこの時は彼女も嫉妬心を覚えた。といっても、これさえ、女性らしい心の動揺というより、自分の地位と誇りとを奪われた怒りであり、また、彼女自身というより彼女の周りの人々の感情的波紋のひろがりであったといえるかもしれない。つまり彼女は一個人であるより、ひとつの政治勢力の頂上における象徴に過ぎないように見える。こういう生き方しかできない、素直な人だったように見える。

次女の雲井《くもい》の雁《かり》は、反対に非常に個性のあざやかな、そしてお嬢さん育ちの我儘《わがまま》娘である。それはまわりの人々を手こずらせるし、貴族社会の政略の道具に自分をすることを拒否するから、面倒なことになる。しかし、悔いのない自由な一生を送ったということになるだろう。

彼女の母は王族であった。身分からいえば最高位である。源氏の場合、六条御息所が、政略結婚の妻、葵の上に押しのけられたように、この母も右大臣の娘（弘徽殿の女御の母）によって追われたのだろう。彼女は幼い娘を置いて、再婚してしまう。

娘はそこで内大臣の母のもとに預けられる。それでこの娘、雲井の雁は源氏の息子夕霧と一緒に、この祖母のところで幼時を過すことになる。夕霧の母、葵の上はやはりこの祖母の娘だったのだから、二人の幼児は従兄妹である。

ふたりは幼い恋を囁き合うことになる。

しかし、雲井の雁の父は、帝の后の位を、源氏方の秋好中宮《あきこのむ》（前斎宮）に奪われ、自分の娘の弘徽殿の女御は立后に失敗したので、それを取り戻すために、この雲井の雁を皇太子妃にしようと運動をはじめる。

だが、雲井の雁は姉の弘徽殿の女御のように、父の政略に従順ではなかった。そのうえ、二人の孫を溺愛している祖母は、息子の政略よりも孫たちの愛の方を支持する。

内大臣は利害の点からも意地の点からも、この少年少女の恋を妨げようとするが、やがて次第に折れてくる。しかし、そうなると今まで内大臣側から圧迫ばかり受けていた夕霧の方が意地になって、冷淡をよそおう。

そうしたシーソー・ゲームのあげく、とうとう二人は長い恋を実現して、幸福な結婚生活に入る。この時代には珍しく、純粋な恋愛関係である。

が、たいがいの恋物語は結婚で終るが、現実にはそれから、結婚生活という退屈な日々が続いていくことになる。

生命をかけて愛し合ったこの二人は、ようやく願いがかなって結婚し、幸福な生活のあいだで、何人もの子供も生れる。

そうして、前にも述べたような、家庭からの夫の疎外と、新しい浮気事件とが起り、雲井の雁は里へ帰ってしまうのである。

が、その事件も結局、この時代の習慣に従って、夕霧が二人の妻を平等に愛するということで、やがてはけりがつく。

しかし、この雲井の雁という女性は、気持がいいくらい、自分本位に生き抜いている。そうして生涯のあいだに何度も手を焼かされた父親は、実は娘たちのなかで、この反抗児の彼女を、いちばん愛していたのではないだろうか。

第三の娘は玉鬘である。

この娘は極めて数奇な半生を送り、極めて異常な心理状態の女性となる。

彼女は実はかつての夕顔の娘だった。

頭中将が夕顔と秘密の恋をして玉鬘を生んだあと、夕顔は頭中将の正妻に脅迫されて姿をかくし、そこで源氏と知り合って新しい恋に落ち、そうして六条御息所の生霊によって彼女は源氏の腕のなかで息を引きとった。そのあとで、乳母は残された玉鬘をつれて、夫と共に九州に下り、夫（太宰小弐《だざいのしょうに》）の孫という名目で育てられる。そして年頃になると、地方の名士たちの求婚を受けることになる。ある豪族の強引な申しこみに不安を感じた乳母は、息子と相談して、豪族からの招きの来る直前に、玉鬘を本土へ脱出させる。

彼女は長谷詣での途中で、昔の夕顔の侍女に偶然会い、そしてその手づるで源氏のもとへ内密に引きとられる。

玉鬘は源氏によって実父、内大臣との面会ができるのを愉しみにしていた。

しかし、好色な源氏は玉鬘を娘分として世話をすると称しながら、次第に彼女に対して露骨な好意を見せるようになっていく。

源氏はすでに紫の上の時は、やはり引き取って世話をしているあいだに、いつの間にか自分の妻にしてしまった。六条御息所の娘の秋好中宮の時は、彼女に巧妙に身をかわされて、ついに宮中に差しだしてしまった。

玉鬘は一方で、その前半生からひどい孤独感と生活の不安に苦しめられていたし、田舎暮しの彼女にとっては、都会的な洗練による中年男源氏の魅力は抵抗しがたかった。

しかしやはり中年男となった源氏は、思いきって暴力にうったえてでも彼女を恋人にする勇気はなかった。源氏は玉鬘とかなり深い仲になりながら、一方で彼女を結婚させようか、それとも宮中へ差しだそうかと悩む。

そして、結局、尚侍として出仕させることに決った直後、髭黒の大将という武骨な男に略奪同様にして彼女を奪われてしまう。

実父である内大臣はかえって、髭黒と彼女の結婚を歓迎したが、彼女は相変らず源氏と心を通じ合っていて、夫婦仲はうまくいかない。

しかし、繊細な恋愛感情などはない髭黒は、正妻が子供を置いて実家に帰ってしまうような事態を平気で放置する。

玉鬘は残されたその子供たちの世話をしながら、一度は宮中に入るが、嫉妬深い髭黒はその日のうちに、彼女を退出させてしまう。

やがて髭黒が死ぬと、日頃から思いやりのなかった彼は、一族ともうまくいっていなかったので、遺族は誰からも冷淡にされる。

それを、父のような恋人のような心づかいで世話をするのは、相変らず源氏である。

玉鬘にとっては、実父の内大臣よりも、母の昔の恋人である源氏の方が、より父らしかったし、また源氏が唯一の心の恋人であったかもしれない。彼女の源氏に対する気持は、なかなか複雑である。そして、彼女の心理的な複雑さは、彼女の育ち方の異常さと、深くかかわりがあるだろう。異常な環境に育った異常な心理の女性というものは、今日でも時どき、見ることができる。そしてそうした女性の魅力は、その異常さそのものに由来する。孤独に原因のあるその病的な甘えが、中年男源氏の分別を奪ったともいえるだろう。

もうひとりの娘は、近江《おうみ》の君《きみ》である。

内大臣は宮中に自分の娘を差しだそうとして、以前に関係のあった女たちが自分の子を生んでいないか、探させる。そうして近江の君が発見されて、邸にひきとられる。

しかし彼女は率直な庶民出の娘で、単純に父親を尊敬し、したう。けれど、そうした感情の率直さは、父や兄弟たちを閉口させる。父は姉娘の弘徽殿の女御のところに彼女をあずけて教育させようとするが、慣れない貴族的環境は、この健全な娘を急速に堕落させていく。彼女はコンプレックスにとりつかれ、ねじくれたいやな女になっていく。

異母姉の玉鬘が尚侍になると聞いて、自分もなりたいといいだし、父親からさえ嘲笑される。父内大臣はこの庶民出の娘を、とうとう愛することがなかった。階級的感情が親子の愛に優先したのである。

6　宇治の三姉妹

『源氏物語』というのは不思議な構成を持った小説で、主人公光源氏の死んだ後も、次の世代の話が悠々と続いていく。

その源氏死後の部分が、いわゆる「宇治十帖」で、当時の京都の貴族たちの別荘地であった宇治の、ある山荘に住んでいた三人の姉妹の物語である。

ある外国の日本文学研究家は、この三姉妹を、チェホフの有名な戯曲『三人姉妹』と比較している。チェホフの女主人公たちは田舎の荘園に暮しながら、遥かな文明の中心であるモスクワに憧れつづけているのだが、源氏の弟、八の宮の三姉妹はやはり宇治の山荘から京都の方を眺め暮している、というわけである。

ところでこの三姉妹は奇妙な恋愛に捲きこまれて、その生涯を狂わせてしまう。その恋愛が「奇妙」だというのは、どうもこの三人の娘と、その相手である二人の貴公子との関係が、別々であるようでひとつでもある、ということなので、つまり一種の五角関係のようなものが成立している。

これは必ずしも時代の習慣の違いというだけでは解決できない、人間の心の奥深いところに潜む、謎のようなものに関連しているらしい。案外、一夫一婦制の確立している現代にも、皆無とはいえない事件なのである。

宇治の三姉妹は源氏の姪たちである。そうしてこの女性たちに係わり合う貴公子の一方、薫の大将は源氏の子ということになっているが、実は源氏の若妻（女三の宮）と柏木の秘密の恋によって生れた運命の子である。一方の匂の宮は源氏の孫であり、そして二人は親友である。

二人の親友は正反対の性格だった。薫が陰気な厭世家であれば、匂が陽気な快楽主義者である。薫が宗教的であれば、匂は唯物主義者である。薫が道徳家であれば、匂は乱倫家である。薫が理性的であれば、匂は情熱的である。薫がひとつのことをいつまでも思いつめる性分なら、匂は熱しやすく覚めやすい。薫が心が狭ければ、匂は寛大である。などなど……

こうした両極端の二人の男に両方から攻められて、三人の姉妹は次つぎと悲劇の主人公になっていく。しかも、その悲劇の性質が、それぞれの娘の性格によって異なっているところが、小説の面白さでもあり、人生の不思議さとも言える。

姉妹の父は源氏の弟であり、政治的に失脚して宇治に引退し、専ら仏教に救いを求めている。その生活態度が、若いのに厭世的になっている薫の共感を呼んで、薫は時どき、宇治へ訪問して、教えを受けるようになる。

やがてこの宮が亡くなり、姉妹は（といっても、この時は本妻から生れた長女、次女だけが宇治にいたのだが）孤児となり、それを薫が世話することになる。

ところで、長女の大君《おおきみ》を薫は好きになる。しかし、自分から愛を打ち明けるということは薫の性格では無理であって、女の方から自然に受けいれてくれるのを待つということになる。

大君は薫の親切に次第にほだされて、好意を持つようになる。この恋愛はうまくいきそうになる。

ところが大君は長女として、自分が結婚して自分だけが幸福になったら、妹の中《なか》の君《きみ》が可哀そうだという風に考える。そして妹に薫を譲ろうと決心する。それに自分は薫よりも年上だから、妻としては不似合だとも思う。

薫は中の君を先に結婚させてしまえば、大君は自然と自分の妻になると考えて、親友の匂をけしかける。

そして、好色な匂は中の君の寝室に忍びこんで、無理に関係をつけてしまう。大君は憤慨して、手引きをした薫を許そうとしない。

ところが冗談のようにして始まった匂と中の君の関係は、匂の情熱的な性格からたちまち真剣な恋になり、そのために宮中の問題になって、禁足を受け、会いにも来れなくなるというようなことに発展していく。

それを大君は、匂の心変りととり、妹への責任感と愛情とから絶望的になって、病床に就いてしまう。

それまで理性的に行動していた薫は、大君が重態だと知ると、宇治へ出掛けて行って、泊りこみの看病をはじめる。この病気のために、はじめて二人は夫婦のような生活を始めることになる。

大君は、もう薫と結婚するより仕方ない、と諦め、しかし妹のことを思うと尼になろうと考えているうちに、遂に死んでしまう。

薫は残された中の君の世話をしながら、宇治の山荘で暮していると、悲しみのために面やつれした中の君は、いよいよ姉に似てくる。

一時は、姉が結婚してくれないなら、姉の言うとおり、この妹と結婚しようかとさえ思ったことのある薫は、改めて中の君に惹かれていく。

ところが匂の方は、激しく愛している中の君が薫と二人で暮しているのでは危険だと思い、強引に都へ引きとって正妻にしてしまう。

このような高い位の皇子が、全く政略を無視した完全な恋愛結婚を行なったことは、大きな醜聞になる。

やがて、匂には大臣家の娘との結婚の話が持ち上る。親王という身分は、政治的有力者と結ばないと、生活が不安定なものであったから、匂もこの話を受けいれるように、周囲から強制される。

一度、幸福らしくなった中の君は、夫が別の妻を迎えることで、再び不幸になる。薫はその中の君を慰めるために、たびたび、訪問しているうちに、彼女の姉を愛していたのか、彼女そのものを愛していたのか判らない、という奇妙な恋のとりことなる。それに、妹の方はいよいよ姉とそっくりになって来ていた。

とうとう薫はある晩、中の君と同床することになる。が、女の腹帯に気が付いて、辛うじて情欲を制する。女は妊娠していたのである。

この宇治山荘の次女、中の君という女は、姉に保護されて、おっとりと育ったようにみえる。

そして、姉のように強情に運命に抵抗することはしないで、受身な生き方をしている。

その受身の態度が、二人の貴公子を狂わせてしまったのだが、しかし、自分の方から男に向って情熱を注ぐということはないようである。

彼女の、夫、匂の宮に対する気持も、最初の晩は、暴力によって犯され、しかし、周囲から結婚の形をとられると、愛情らしいものが芽生え、夫の足が遠のくと悲しがり、また、匂が訪ねてこないことを苦にして姉が病気になって死んだということで、匂に冷淡になり、かと思えば、京都に引き取られて正妻になると、幸福感を味わい、また、夫が別の女と重婚すると、もとからの求愛者である薫に心を寄せる。しかも、薫が真に愛しているのは自分の姉であり、自分はその投影に過ぎないのだと信じて、最後には異母妹の浮舟を薫に紹介して、自分は逃げてしまう。

この中の君は、あるいは母代りだった姉に、ひそかな劣等感を抱いていたのかもしれない。


薫は浮舟を知ると、たちまち執着して、宇治へさらって行って妾にする。

浮舟は大君に生き写しだったのである。そして、二人の姉に対しては、あれほど優柔不断だった薫が、浮舟に対してだけは、このような思い切った行動をしたというのは、一方では二人の姉に次つぎと失恋したのだから、今度は最後の機会だと決心したのかもしれず、また、二人の姉への断ちがたい想いを、この三人目の娘のなかへ埋没することで解き放ってしまおうという気になったのかもしれない。もっとも、二人の姉の社会的地位は、彼に軽率な行動をとらせなかったが、浮舟は地方官の娘なので（宇治の姉妹の父の侍女だった彼女の母は、彼女を連れて地方官に再婚していた）安心して、大胆なやり方をしたとも言える。

皇族や大貴族の男にとっては、当時は、下の階級の女との関係は、必ずしも結婚に持ちこまなくても可能だったのだから。

しかし、薫にとっては浮舟との関係は、奇妙なものだった。彼はこの可憐な小娘を抱きながら、絶えず二人の姉娘のうえに思いを遊ばせていた。彼は結局、この末娘のなかに、彼の青春の時間を満たした二人の姉の反映を眺めつづけ、いわば、この娘を愛することで三人の女を同時に愛している、という錯覚を覚えていたわけである。

一方、匂の宮は妻の中の君のところで、ある日、浮舟に会い、好色心をそそられて強引に関係をつけようとして、僅かに逃げられてしまう。

しかし、彼の情欲は一度、火がつくと満足するまでは、彼をかりたててやまない。ついに彼は恋に特有の鋭い推理力によって、浮舟の所在を嗅《か》ぎつけ、宇治に忍んで行って、薫に化けて浮舟と関係をつけてしまう。

浮舟はそれまで男というものは、薫のような優しい親切な愛情を以て接してくれるものだとばかり思っていた。

ところがこの匂は、ひと度、関係ができてしまうと、激しい愛欲によって彼女を忘我の世界へ惹きこんでしまった。

彼女は自分が、心の愛と肉の愛との、二つにひき裂かれる苦しみを味わうようになる。

そうして、どうにも解決がつかず、しかも競争のようになった二人の男から、どちらも彼女を京都へ引きとると言って来たために、進退に窮して、入水してしまう。

彼女は助けられるが、記憶喪失者になっている。そうして、ようやく記憶が回復した時、自分は入水時と同じ解決不能の状況のなかにあることを悟り、尼になってしまう。……


この宇治の三姉妹の場合は現代でも、似たようなことがどこかで起っているような気にさせる。たしか芥川龍之介にも、妹思いの姉が恋人を妹に譲り、そして譲られた妹の方は、夫と姉との深い心の結びつきに嫉妬する、という短篇があった。

ひとりの男をはさんで、二人の姉妹のあいだで、このような複雑な状況が発生し、姉の妹に対する愛情が、このような解決法を発見させるということは、私たちの周囲にも間々、見受けられるところである。

そして、男の方にはいつまでも、遂げられない思いが生きているということが。しかも、男は現に妻である妹の方への愛情も強くあるだろうから、やがては自分の想いが、姉妹いずれに向っているのか判らなくなり、あるいは二人の女がひとりの女に溶け合ってしまう、という不思議な錯覚のとりことなる。

薫の大将の味わったのは、この錯覚が二重になったもので、苦しさも二倍なら、甘美な思いも二倍であったろう。

一方、浮舟の経験も、これはまた非常に現代的である。肉の恋と心の恋とに引き裂かれて、どちらを選んでいいか判らない。しかも決断を今にも迫られている、という状況は、現代においても決してめずらしいものではないであろう。

二人の男に同時に愛され、しかも二人の愛の性質が全く異なり、しかし、ひとりの男のなかに、その両方があってほしいという願望が強くなれば、不可能さのために絶望することになるのは当然である。そのうえ、たしかに自分のなかにも、両方の男への愛か執着か欲望かが存在していると確認すれば、もう逃げ道はない。厄介なのは、そうした状況が必ずしも、苦痛だけではなく、大きな喜びや快感と結びついているということである。

Ⅳ 『竹取物語』と幻想

ここでは『源氏物語』に先立つ一連の作り物語中最古の、『竹取物語』について、特にその「幻想小説」としての可能性という方向から、読み直してみたい。

この物語は、最も古いだけでなく、現代の小説について、最も新しい眺望を開いてくれもするのである。そして、それが古典というものの持つ面白さなのである。

『竹取物語』はおもしろいか?

現代の文学読者は、はたして本当に『竹取物語』をおもしろがって読んでいるのか?——この問いから、私は問題を拡げていきたい。

たぶん、子供はおもしろがるだろう。また、国文学を学ぶ大学生は、義務として読むだろう。さらに、国文学者や民俗学者は専門的興味をもって、この物語を研究するだろう。

しかし、文学といえば、ほとんど近代のもの、——わが国のものでは明治以後、ヨーロッパのものなら、ローマン派以後の、小説しか読む習慣のない読者が、要するに、この古代の「お伽《とぎ》話《ばなし》」を本当におもしろいと感じるかどうか。

これはわが国の代表的古典であり、また最初の散文小説であるがゆえに、尊敬して読まねばならないという義務感を抜きにして、本気で興味を感じ、愉快に思って読むだろうか。

これは大きな疑問だと思う。

写実主義

私はおもしろくないと正直に感じる読者が少なくないだろうと想像する。そして、それは当然だろうと判断する。

なぜなら、大多数の読者は、いつの時代でも、その時代の文学的空気に従順なのだし、そして、現代の日本の文学で支配的なのは小説であり、しかもその小説は写実主義的傾向が支配的なのだから。

だから、かぐや姫が竹のなかに生きていたり、三カ月で大人になったり、あげくの果ては、月の世界へ昇天してしまうというような話には、切実さ（これも現代の文学用語でいえばリアリティー）を感じないだろうからである。

近代日本の小説は、もし、西洋の近代小説の影響を受けなかったとすれば、たとえ『春色梅暦』や『浮世床』やが、写実的な傾向になっていたとはいえ、『道草』や『仮装人物』や『つゆのあとさき』や『細雪』にまでは発展しなかったろう。

しかし、実際には、明治の作家たちは、江戸の戯作者の仕事を伝統として受け入れるよりも、フランスやロシアの十九世紀の小説から学んだ。そして、わが国の国民性の特殊さや、歴史的発展の事情が西洋と異なっていることやのために、西欧のどこの国の小説よりも、より写実的な、反物語的な小説ジャンルを発達させた。

（現実の西洋人も、また彼らの小説のなかの西洋人も、私たち日本人や、日本の小説の中の人物やとくらべると、なんと理窟っぽく、自我を守るための論理を強く押し、また、抽象的思考を生活の原理としていることだろう。――もし私たちが、西洋の小説を読むのに、日本的な情緒的な色眼鏡を外して見たのなら、必ず西洋の小説は、わが国の現代の小説よりも、観念的に見えてくるはずである）

そういうわけで、日本の現代小説は、たぶん、細部の写実主義という点では、手本として学んだ西洋諸国の近代小説よりも、一段と過激になっている。（芥川龍之介は、志賀直哉の小説が、その点ではトルストイの小説に優るという事実を指摘している）

そうした小説に、ふだん慣れている小説読者には、『竹取物語』は奇妙な未成熟な小説としか見えないだろう。さらに、厄介なことには、文学の歴史を、写実主義の発達として見ようという、一種の文芸理論の信者たちが、現代には少なくない。この理論からすれば、本当に、『竹取物語』は、「わが国最初の小説」である、すなわち、歴史的に初期に属するという事実によって、その「歴史的限界」によって、幼稚な作品であることが証明されてしまう。

この理論に拠《よ》りながら、なお、『竹取物語』の文学的価値を救おうとすれば、次のようになる。

すなわち、この物語の作者は、あらゆる優れた小説家のように、時代の社会的矛盾を描きだそうとした。しかし、支配階級の腐敗を写実的に追求するには、当時の民衆の社会的勢力は微弱すぎた。それゆえ、かりに、お伽話の形式を借りて、諷刺的にその主題を展開せざるを得なかった。

……

幻想小説

しかし、私は文学の歴史を必ずしも写実主義の発展の歴史としてはとらえない。また、『竹取物語』の作者の目的が、支配階級の人物たちの頽廃《たいはい》無気力を暴露することであったとも信じない。さらに、この物語が写実的手法で書かれた場合に、いっそうすぐれた作品になっただろうとも考えない。

いったい、この物語を、写実的手法に書き直した場合を想像してみたまえ。

まず、かぐや姫は棄児《すてご》だとしよう。（たぶん、高貴の家柄の男女の戯《たわむ》れの恋から生れた、不幸な赤ん坊だとしよう）それから、最後の昇天は、尼となることにしても、死ぬことにしても、あるいはどこか外国へでも行くことにしてもいい。

そうしてできあがった小説のなかで、主人公のかぐや姫が、どのような人物に見えてくるか。写実主義の眼のもとでは、この主人公は、はなはだ傲慢で、厭味な女、軽蔑すべきかまととの女として見えてくることは確実である。

まあ、才能のある諷刺作家の手にかかれば、この物語は恐るべき女性嫌悪のパロディー的作品に変貌することができよう。しかし、それはもう別の小説である。

だから、私はこの物語を、そうした写実主義の方向から眺めるという、一種の近代的方法には興味はない。私はむしろ、幻想的物語、お伽話として、この物語を受け入れ、そして、現代において、逆に積極的に、幻想的物語という文学ジャンルを擁護したい。

小説において、写実主義は多くのことをなしとげた。しかし、文学の目的が、私たちの魂をゆすぶり、私たちの感覚と精神とを甦らすことにあるとすれば、写実主義小説では鳴らすことのできない絃が、私たちの心の底にあることを無視できないだろう。

たとえば、現代においても、宮澤賢治の童話的作品は、同時代の小説家たちとは異なったやり方で、子供だけでなく、成人の心に訴え、世界と人間との秘密に照明を与え、ある形而上学的感覚を眼覚めさせることに成功している。

『竹取物語』の女主人公は、なるほど現実には存在しない。しかし、このかぐや姫に象徴される、永遠の処女のイデーは、現代の性的頽廃と肉体主義とに慣れている男性たちの魂の底にも眠っているし、それがこの物語によって、眼覚めさせられるとき、私たちは、ある貴重な感情を思いだして、愉快になるのである。(これは、生理的処女性の尊重と封建主義的感情との関係というような、社会心理学的問題とは、無関係である。——いや、現実の女性の肉とも無関係だろう)

幻想の意味

幻想小説、あるいはお伽話（必ずしも子供のためではなく、――むしろ、子供向きの話の形式を借りて、大人のために書くもの）の文学としての重要性は、今日、とくに強調される必要があると思う。そして、『竹取物語』は、王朝物語の祖先であるだけでなく、また、わが国の散文小説の最初の作品であるだけでなく、さらに、この「幻想小説」という文学ジャンルの最初にして最も代表的な作品である、という事実を、再認識したいものである。

それなら、なぜ、とくに、今日、幻想小説が重要であるのか――

それは写実主義という近代的方法が、小説のなかで、マナリズムになり、したがって通俗的になり、読者を不感症にしているからである。写実的方法は、すでになんと普及しているか。たいがいの素人《しろうと》が、自分の体験をたちまち一篇の長篇小説に仕立てることができるほど、この方法は一般化され、したがって読者は逆に、写実主義というひとつの型に妨げられて、小説から現実感覚を喚起させられなくなっている。

文学において真に重要なのは、日常生活の情景をいかに巧妙に描写してみせるかということでなく、いかに人間的真実に到達することができるかということである。このふたつが、近代の写実主義の手法のなかでは、混同されている。だから、小説の終りで、臨終のかぐや姫の枕もとへ、医者が来て坐る場面を描いた方が、月世界に昇天するという架空的な設定よりも、リアルに感じるのだと、仮に信じるようになっている。

しかし、これは一種の流行的習慣に過ぎない。はたして、どちらがより強烈に、私たちの魂に訴えるかは、即断はできないはずである。

確実にいえることは、非現実的な、——むしろ非日常的、非常識的な設定の方が、しばしばより強く私たちを感動させることがあるという事実である。

そうした事情をよく知っていたドイツの浪曼派の作家たちは、盛んに幻想小説、メルヒェンの形式で小説を書いた。ノヴァーリスの『青い花』のように長大なものもあれば、ティークの『金髪のエックベルト』のように短いものもある。彼らはこの方向で、ほとんど考えられるあらゆる試みをなしとげたといえるだろう。

彼らのひとりであった、アヒム・フォン・アルニムは、こういうことを述べているそうである。すなわち、現実の世界の組み立ての彼方から、より上位の一世界を出現させて、人間の精神にそれを可視的なものにしてくれるのが、幻想である。幻想はこのふたつの世界の間のつなぎであって、私たちを包んでいる衣を、霊的なものに透明化し、それに生き生きとした形を与えて、より上位の世界に、私たちを生きるようにしてくれる。

この「より上位の一世界」というものに対して、どのように考えるかは、現在の私たちの立場からすれば、より多くの自由があるだろう。それを超自然的な世界と考えてもいいし、私たちの日常生活を超越している夢の世界と思ってもいいし、また、意識下の世界というふうにとってもいいだろう。とにかく、写実主義的、客観主義的方法が、私たちの人間性を全的に表現できるものではないということ、人間の生の謎は、日常生活の常識を越しているものだということ、そして、その常識を越したものを表現するのに、夢のような幻想が、たしかに強力な手段となる、ということだけはいいえよう。

たとえば、ジロドゥーの小説が、自然主義小説よりも、はるかに感覚的な自由感に満ちていること、また、カフカの超常識的な物語が、どんな写実的方法のものよりも、私たちの存在の形而上学的不安を強く表現していること、などは、私のこの考えの、優れた例証となるだろうと思う。

日本的幻想

が、そうした幻想小説の代表として『竹取物語』を眺めるとき、私たちが最初に気のつくことは、この物語がなんと見事に日本的であるかということである。

この物語には、あるいは大陸の文学や伝承が影を落しているかもしれない。しかし、それはまったく日本的な感受性のなかで、独自に日本の風土性のなかに変貌させられている。

この物語の持つ、なんともいえない明るさ、朗らかさ。幻想的といっても、深刻な運命を背負った、無気味な幽霊だとか、超自然的な悪意を現わす偶然だとか、復讐だとか、そういうものは登場しない。かつて、ある歴史家が、日本の文学のなかには古来、否定の論理が薄弱であることを指摘したことがあるが、この物語なども、正にそうしたものの見本である。

だいいち、登場人物のひとりとして、真の悪人はいない。人生が耐えがたく悲惨だというわけでもなく、人間の生存が本来、悪なのだというような哲理とも無縁である。

もっとも端的に、日本的だと思われるのは、最後に、帝が不死の薬を燃やしてしまうところで、私たちにとっては不死性に対する執拗な願望よりは、与えられた現世を明るく生きようという無欲な知慧の方が、居心地よく感じられるということを、この挿話は暗示しているように感じられないだろうか。

現実と超現実

そこでこの物語は、どのように幻想小説であるか、という問題を分析してみよう。

つまり、現実と超現実との、――先に挙げたフォン・アルニムの言葉によると、「ふたつの世界」の――関係の仕方を考えてみよう。

この物語のなかで、超現実な存在は主人公かぐや姫だけである。他の人物たちは、彼女の養父母にせよ、五人の求婚者にせよ、帝にせよ、純粋に現実的な人間である。そして、重要なことは、この主人公も、それが超現実の世界から、現実の世界へ流謫《るたく》された妖精であるとしても、その超現実的な本来の性格を現わすのは、竹林のなかで発見されてから、成人するまでの数カ月の間と、それから地上を去る時、つまり、現実的秩序でいえば、出生時と死の瞬間だけで、その途中の生活は、普通のこの世の人間となんの変りもない。超自然的な奇蹟を演じるのは、ただ一度、帝から無理に引き連れてゆかれそうになったとき、突然、肉体を消失して、影になるという行為だけである。

したがって、この物語が幻想小説であることのあり方そのもの、この物語へ幻想的要素の関与してくるしかたそのものが、私たちの現実生活と、それを超す、生命の誕生とその消滅との秘密の関係に平行している。幻想小説としてのこの物語の世界の構成は、そのまま、私たち人間の宇宙のなかでの位置に等しいということになる。

それがまた、生死の問題への形而上学的神秘の探究よりは、それを人間的条件として率直に認め、その上で現世の生活を生きることを工夫しようという、日本人の好きな人生観に通じている。この物語が、長い間、愛されつづけて来たことの秘密は、そこにあるのだろうと思う――

V　王朝のエッセー

ここで趣を変えて、今度は暫《しばら》く作り物語（小説）の世界を離れて、日記と随筆の世界へ入って行く。

そのために、年代の最も古いものから、平安朝も終って、王朝文化の余映のなかに生きていた中世の隠者の作品まで、六篇を選んで、連想の自然のおもむくままに、次つぎと読み進んで行くことにする。

すなわち、『土佐日記』『蜻蛉日記』『更級《さらしな》日記』『枕草子』『方丈記《ほうじょうき》』『徒然草《つれづれぐさ》』である。

これらは、一篇ずつ独立したものであり、異なった目的と効果とのために書かれたものであるが、こうして続けて読んでみると、おのずからわが王朝のエッセー文学というジャンルの変転と、時代の人心の変化のあとが辿《たど》られて、また別種の愉しさを覚えるではないか。

『土佐日記』

著者は平安前期の紀貫之《きのつらゆき》である。

貫之は周知のように、最初の勅撰和歌集『古今集』の撰者である。彼は『古今集』をその一生の大事業として（勿論、数人の同僚と協働して）完成したあとで、老人となってから、この「日記」を書いた。

貫之の属していた「紀氏」は、この頃には藤原氏の圧迫によって、宮廷貴族としての勢力を失い、彼も官吏としては、晩年になっても地方長官に過ぎなかった。しかし、彼はそうした自分の家の不遇を、反逆者となって撥《は》ね返そうというような性格ではなく、官吏として実直に精励する型の人物であったらしい。そのうえ、歌人としては当代第一の誉れが高く、その社会的地位の低さにもかかわらず、一代の尊敬を集めていたようである。としても、名家の末族にしばしばあるような傲慢さに堕したりはしないで、実務家として堅実に生きて行った。

この詩人と実務家との一人格のなかでの平和的な共存は、彼の文学者としての特質をなしている。それは彼の歌の古典的均整と感情の統御にも現われているし、また、この「日記」の整然たる記述にもうかがわれる。（それは貫之が青年たちに不人気の理由ともなっている。青年はロマンチックな感情の激動を愛するものである。また表現においても奔放な破調を喜ぶ。青年には彼の詩も散文も、おとなしすぎ老熟しすぎていて、物足りないだろう。むしろ凡庸に感じてしまうかもしれない。しかし、それは文学鑑賞としては一面的な態度である、ということは忘れてはならない）

ところで、この「日記」であるが、内容は六十歳を過ぎて土佐守《とさのかみ》に任命された貫之が、現地で四年間、地方行政に熱意を傾けた後で、ようやく満期となって、後任の到着と入れ代りに、都へ帰って来る。その土佐の国府の出発から、京都の自邸へ帰着するまでの旅日記、覚書といったふうの体裁のものである。

承平四（九三四）年十二月二十一日より、翌五年二月十六日にいたる期間である。

もっとも、これは単純で正直な日記そのものではない。恐らく貫之は当時の知識人の習慣にしたがって、その旅中も本当は漢文で日記を認《したた》めていたに相違ない。そうして、恐らく帰洛後、その本物の日記を材料にして、「文学作品」として、仮名文でこの「日記」を作りあげた。

「作りあげた」というのは、材料は事実としても、構想そのものが全くのフィクションであるからである。

というのは、書き出しを見れば直ちに判るのであるが、作者は自分を匿している。つまり「男もすなる日記といふものを女もしてみんとてするなり」という冒頭は、男性が漢文で書く日記の真似をして、女性である自分が仮名で日記を書くのを試みるわけです、という意味だが、――ということになれば、貫之は自分の本当の日記を材料として、自分でない女性、ここでは彼の侍女のひとりらしい人物を仮想して、その架空の主人公に日記を書き綴らせているわけで、この構想は全く「小説」である。

しかも、この架空の日記体小説に出て来る主人の地方長官は、彼が任地で幼児を死なせた悲しみにひたっているという状況は、実在の作者の環境と同じであるが、それ以外の、教養などに関しては、貫之自身とは大分、異なって、決して当代一流の歌人などではなく、歌のことなどよく判らない老人だ、という想定になっている。

そうした「日記体小説」を、しかし、細部にわたっては事実を充分、利用しながら創作したというのは、はなはだ面白い。貫之はどこから、このようなヒントを得たのかは判らないが、温雅な人柄の奥になかなか豊富でそして知的な想像力が潜んでいたことが、この一篇によって証明せられるだろう。歌人としても、直情をぶちまけるのを嫌い、技巧と慎重さとによって作品を磨き上げる型の人間であった彼は、散文芸術においても、油断のならない技巧家だったわけである。

あるいは、この「日記体小説」の全体を流れている亡子《なきこ》への悲しみを表現するのに、彼の古典主義的美学からすると、直接的な嘆きの声は「文学」とは言えないという配慮から、故意に自分を三人称の作中人物に仮装してしまったのかもしれない。他人であれば、その人物の嘆き悲しむ有様も、如実に描き出しても、作品の均整を破壊することはないからである。ということは、一方から言えば、彼は自分自身をも一個の他人として眺めるだけの、知的な客観的な精神、すなわち古典主義的精神の所有者であった、ということになる。

だから、この小説のなかには、驚くべきユーモアや諷刺が自在に混入し、悲しみと滑稽さとが巧みに入り混って、独特の効果をあげているのである。

『蜻蛉日記』

著者は藤原倫寧《ともやす》の娘で、藤原兼家の妻（のひとり）、また、右大将道綱《みちつな》の母にあたる。と、こう廻りくどく書かなければならないのは、当時の名流女性の大部分のように、この人も本名が知られていない。それで一般に、この人は「道綱母」という呼び方で呼ばれている。

この女性は当時、「本朝《ほんちょう》第一美人三人」のひとりと言われたらしい。そのうえ、「きはめたる歌の上手」と評されたように、やはり一流の歌人のひとりで、勅撰集に多くの彼女の歌を見ることができる。

彼女の父の倫寧は、藤原氏の傍流で、一生を地方官として送った人物である。しかし、官吏としてはなかなか有能な人であったらしい。

また、彼女の兄の妻は清少納言の姉であり、彼女の弟の長能《ながとう》は「中古歌仙三十六人」に加えられたほどの大歌人で、家集もある。さらに彼女の妹の子は『更級日記』の作者であり、紫式部は彼女の姉の夫の兄弟の孫である。つまり、彼女の周囲には、一生を通じて当時の文壇の空気が漂っていたことになる。彼女が歌人として、また、『蜻蛉日記』の著者として世に現われたのも当然であるという気がする。

彼女は多分、『土佐日記』の書かれた頃に生れた。そうして、後に藤原氏の嫡流の兼家の妻となった。兼家はその時代の政権争奪の嵐を潜り抜けてついに摂政関白となり、そのうえ、彼の正妻の子供は、道隆、道兼《みちかね》、道長と三人まで天下の政権を握った。（ただし、『蜻蛉日記』の著者の子、道綱はそのような出世はしなかった）

その波乱に富んだ大政治家の妻のひとりとして、この「日記」の著者は半生を生きた。彼女は執着心の強い妻であった。そうして、夫は何人かの妻を持ち、そのうえ、浮気者であった。しかも人生の目的を「家庭の平和」に求めるような、望みの小さな人物ではなく、大いなる野心家で

《道綱母を中心とした家系図》

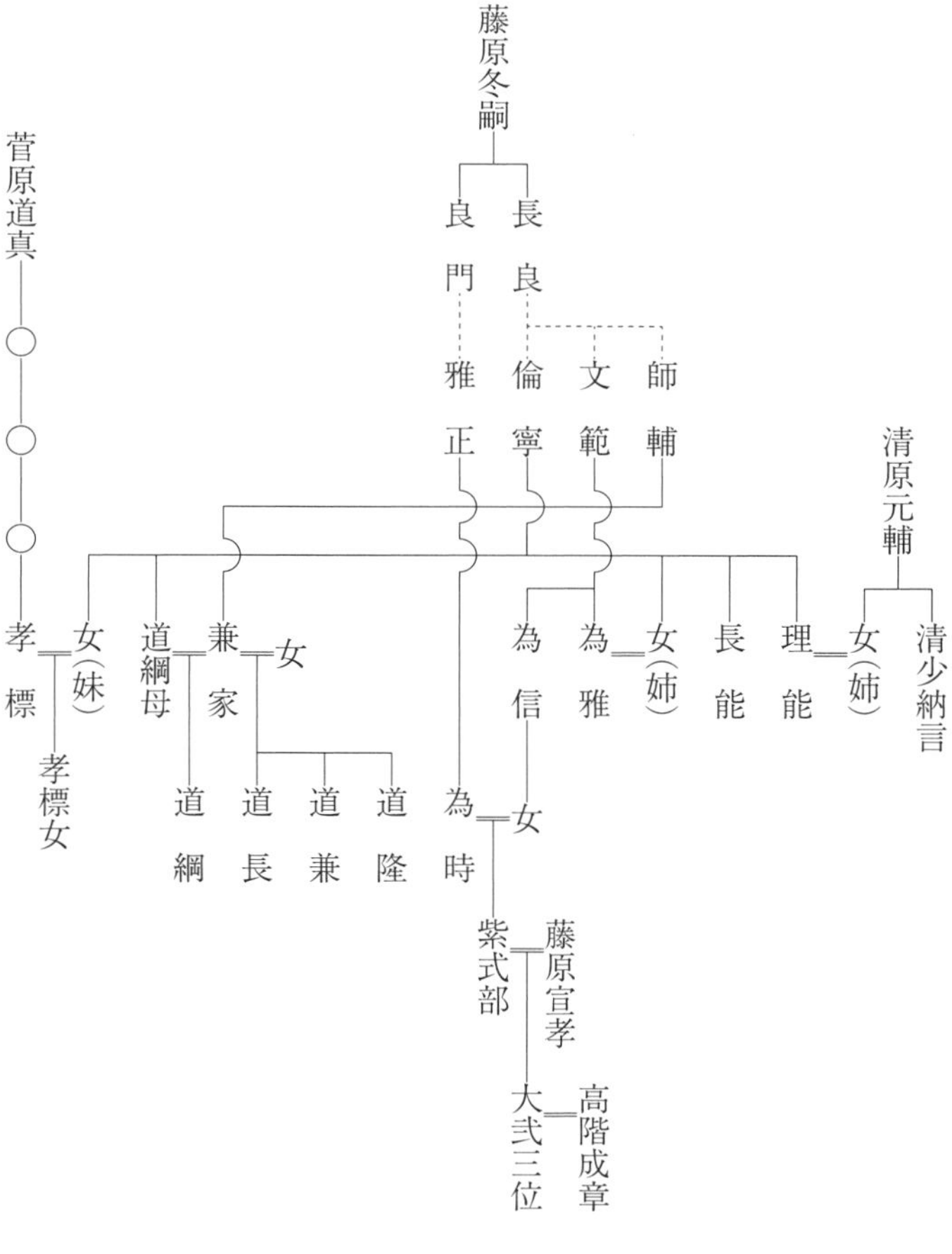

あった。およそ、細君向けの亭主ではなかった。

そこで必然的に、彼女の結婚生活は苦しみに満ちたものとなった。そのうえ、この著者は性格的にも極めて貴族的で誇りの高い女性だったのだから、その苦しみは忍従によって押えられることがなく、行動となって現われた。またその行動そのものが彼女自身の心のなかの苦悩を駆りたてる役を果した。

この『蜻蛉日記』は、したがってひとりの女性の苦悩の歴史を書き綴ったものである。――ただし、「日記」といっても今日のように、毎日、書き続けた日録ではなく、その結婚生活の終りに近付いた頃に、思い出として書かれたもの、つまりメモワール、回想録と言うべきである。

彼女はこの日記を、当時の「物語」類の嘘に対する反撥の表白から始めている。「人生は小説のように、ロマネスクではない」という認識から出発しているのである。――ということは、自分の人生を冷厳な眼で眺めることのできるところまで、彼女が成熟した後に筆をとったということであり、そこでこの日記は、「反小説」のレアリスムの傑作だということになる。

これは平安朝の上流貴族の妻の、極めて閉鎖的な生活の記録である。しかし、読者は読みながら、あまりにも自分たちの現代生活の心理と通うところの多いのに驚くだろう。風俗習慣の相違にもかかわらず、人間心理は不思議に普遍的なものである。人はその事実に改めて感動しないわけにはいかないだろう。

このレアリスムは、たちまち次の時代の小説家たちに影響を与えた。それまでの小説（「古物語」と称せられるもの）が、どこかに伝奇的空想的な要素を持っていたのに対して、この日記の後に現われた物語類は、超自然的な要素を排除した、あたかも近代小説のような写実的なものとなった。その代表が『源氏物語』であることはもちろんである。紫式部は恐らく、自分の母方の大伯母の妹であった女性のこの「日記」を研究して、新しいレアリスムという方法を体得したに相違ない。

したがってこの「日記」の文学史的な役割は、ちょうど、フランス小説史上におけるラファイエット夫人の『クレーヴの奥方』のそれと対比される。『クレーヴの奥方』もやはり当時の空想的牧歌的な物語に対する反撥から、一種の「反小説」として書かれた。そして、それは写実的な心理小説への道を拓くこととなった。

『蜻蛉日記』が現代の作家たちにも愛好者を持ったのも当然である。何人かの作家は、この物語から題材を得て、自分の夢を展開した。

特に、堀辰雄は『かげろふの日記』と題する作品によって、半ば翻訳のように、忠実にこの「日記」の世界を現代語に置き換えた。

また、室生犀星はやはり、この「日記」のなかの、作者の嫉妬の対象となった身分賤しき一女性の生活を（「日記」にも書かれていない部分を）空想することで、『かげろふの日記遺文』という見事な小説を作りだした。

『更級日記』

心強い伯母の後に、心弱い姪が来る。

この日記の作者は、彼女もまたその実名を知られていないので、便宜上、「菅原孝標の女《すがわらのたかすえむすめ》」と呼ばれているが、彼女の母は藤原倫寧の娘であって『蜻蛉日記』の作者の妹である。

彼女の生れたのは、平安朝の全盛期の道長時代で、ちょうど、『源氏物語』が書き継がれている最中、当時の文学愛好家たちの話題が、そこに集中していた頃である。彼女は襁褓《むつき》のなかで、紫の上や明石の上の物語を耳にして育ったことになる。

しかも彼女の家は菅原道真の子孫で、学問の家柄である。父は腑甲斐のない人で学者たることには失敗したが、兄定義《さだよし》は大学頭《だいがくのかみ》文章博士《もんじょうはかせ》となった人物であり、作者の伯父には先にも述べたように、一代の歌人藤原長能がいる。さらに幼時の彼女を愛育してくれた継母は後一条院《ごいちじょういん》中宮に仕えて上総大輔《かずさのたいふ》と呼ばれた歌人であり、叔父高階成章《たかしなのなりあきら》の妻は、大弐三位《だいにのさんみ》、つまり紫式部の娘で、一部では『源氏物語』の後篇『宇治十帖』の作者にも擬せられているような女性である。この環境から文学的才能が開花しなければむしろ不思議である。そうして、それは見事に開花した。

彼女はやがて『夜半《よわ》の寝覚《ねざめ》』『浜松中納言物語《はままつちゅうなごん》』という、王朝末期を代表する二つの小説を書いた。（その他にも『みずから悔ゆる』とか『朝倉』などの作品がある）

彼女は小説家として、恐らく十一世紀最大の文学者である。この『更級日記』に表現されている心弱い夢見がちな一少女が、これほどの驚くべき造型力を持った大小説家に成長したということは、驚嘆するの他はない。恐らくその遺伝的素質と環境と時代との三つの根本条件が最も幸運に作用して、このような奇蹟が成就せられたのだ。

『夜半の寝覚』はその心理分析の精細さにおいて、プルーストを想わせ（就中《なかんずく》、『捕われの女』を）、『浜松中納言物語』は幻想の形而上学性において超現実主義者を連想させる。――ということは彼女は「小説家」として私たちの二十世紀の文学的精神に最も近いということで、だから一般に私たちはこの千年近く前に生れた一女性に対して親近感を抱かないではいられない。

そうして、一体、彼女はどのような生涯を送ったのだろうか、と想像したくなるのも人情の自然である。

ところが幸いなことに、彼女は晩年になってから、その一生を回顧したメモワールを残してくれた。それがこの『更級日記』であって、その記述はほぼ四十年、彼女の幼時、思春期、壮年期、晩年にまでおよんでいる。このようにひとりの人物の成長から死近くまでの外的な環境のみならず、内的な精神の変遷までも書き記した文章は、我が国の文学史においても必ずしも多くはない。そういう意味でも、この作品は貴重である。

彼女の幼時は、地方官であった父に伴われて関東地方で過される。この時代の貴族の女性で、まずその生涯の目覚めを地方生活から始めたというのは面白い。（『源氏物語』の浮舟が、彼女の憬れの女性であったのは、その最初の境遇の類似にも関係があっただろう）この地方生活の間に、彼女の継母や姉は都の噂や、当時全盛を極めていた物語類やの評判を年中、話し合っていた。田舎に心ならずも住まわされていた、この都会の女たちにとって、唯一の話題は文明の中心の諸々の事件（精神的事件を含めて）であったのも当然である。そうして、彼女はそのような日常のなかで、夢見がちな少女に育って行った。当時の彼女の人生最大の希望は、上京して『源氏物語』を通読するということであった。

やがてその希望はかなえられ、それから物語の舞台として、彼女の憧れであった宮仕えに出る。そして定石通り、その宮仕えは夢ではなく現実であるから、夢は破れ、現実的な倹《つ》ましい結婚生活に入る。欲望の大きくない、優しい心の彼女は、伯母のような愛欲の苦しみを嘗《な》めるかわりに、堅実な家庭生活を味わい、夫を愛し子供を育てる。そうして、子供の将来に、自分のかなえられなかった人生の夢を託する。が、やがて夫には死別し、孤独で病弱な老年が訪れる。

この日記は、したがって彼女の青春期の夢想的精神が、中年の現実的日常的精神に変化して行き、やがて老年におよんで宗教的精神が現われてくる、という、いわば人間精神の一生の変遷を典型的に表現している。

特に興味深いのは、この三つの精神世界の遍歴の移り目がよく描かれていることである。すなわち、第二期の現実的精神の支配のなかでも、子供に夢を託すというような第一期の夢想的精神の混在が見られるし、またその子供の将来への夢想の実現のために、現世利益的信仰にすがりつくことが、やがて第三期の宗教的精神を予告する、といった具合である。

『枕草子』

作者清少納言は清原元輔《きよはらのもとすけ》の娘である。元輔は官職は地方官に終ったけれど、梨壺の五人の一人として、『後撰集』の撰者に列し、当代歌壇の巨匠であった。また、軽快洒脱な社交人としても有名であった。（なお、祖父、深養父《ふかやぶ》も歌人として著名であった）

彼女は当時、平安朝文明の最盛期に生れ、教養豊かで芸術的感覚と社交的感覚との鋭い家庭に育った。

彼女は宮廷女性として生れて来たようなものである。――そして実際、彼女ほど典型的な「宮廷女性」となった人は少ない。彼女の随筆『枕草子』は、この時代の宮廷女性の知性と感性とをそのまま伝えている。その意味で彼女は「彼女たち」の代表であったと言える。

清少納言は一条帝の皇后定子に仕えた。関白道隆の時代である。しかも、大体が道隆という人物は、やがて政権を執ることとなった弟の道長に比べて、陽気で派手好きであったらしく、したがって彼の娘の定子の後宮も、そうした明るい機智的な気分に満ちていた。清少納言の天才を発揮するには、打ってつけの環境であったと言うべきである。

やがて、道隆が死に、僅か一週間の間、弟道兼が天下を支配した後で、政権は道長に受け継がれる。そして、道長の娘の彰子が後宮に入って中宮となるにおよんで、皇后定子の身辺は寂しいものになる。が、その定子もやがて若くして世を去る。

『枕草子』は、しかし、皇后定子の全盛時代の空気に満ちている。作者はその主家の全盛のなかで、自由な社交生活を愉しみながら、この『枕草子』のなかに、様ざまの印象を書きつけた。そしてやがて主家の没落と共に、作者の環境にも悲しい変化が生じたけれども、彼女の天才も気質も全くその変化は受けつけなかった。『枕草子』のなかには、作者晩年の落魄《らくはく》時代に書いた部分もあるらしいが、そこにも苦い失望の影は射していない。

清少納言は遂に「宮廷女性」としての己れの姿を、それだけを永遠に伝えることに成功したのである。

中宮彰子の後宮の代表的文学者であった紫式部は、主人の道長と彰子とが常に、皇后定子とその兄伊周を敵手として意識していたのに対応して、定子の後宮の中心的才女である清少納言をライヴァル視し、その覚書『紫式部日記』のなかで、清少納言を手厳しく批判している。

恐らく彰子の後宮は、定子の明るい笑いに満ちた後宮とは、雰囲気も異なっていたのだろう。紫式部は清少納言に比べると、ひどく陰性な印象を受ける。『源氏物語』も、『枕草子』が徹頭徹尾、社会的な宮廷女性の作品であるという感じであるのとは異なって、むしろ孤独な観察者の産んだ作品である。紫式部には清少納言は、軽薄に見えた。

清少納言が前後の脈絡もない断片的印象の積み重ねである随想を書き、紫式部が執拗で持続的な努力を要求する長篇小説を書いたというのも、二人の気質から自然とでてきた成り行きと言うべきだろう。

今日から見て『枕草子』が最も興味深く感じられるのは、ここに表現されている諸々の事実に対する反応から綜合して見る作者の人格が、ひとつの際《きわ》だったある理想的な女性像となっているということである。

端的に言えば『枕草子』の表現している、作者清少納言は、完全に独立した精神の女性である。「完全に独立した精神」はあらゆる劣等感から自由である。それが女性であることは、今日といえども例外であるだろう。

『枕草子』のなかでの、貴族社会における男女の交際の姿は、『蜻蛉日記』とも『更級日記』とも異なって、なんと明るく自由で、そうして対等であることか。

これほど自由で対等な男女の交際には、それを可能とするだけの、知的教養を女性の側にも要求されるわけであるが、清少納言は立派にそれだけの資格があった。彼女は当時の最高の教養人であった。

このような男女の平等は、日本のその後の社会では、特に封建的な「家」を中心とする社会では、失われてしまい、女性は従属的地位に退いた。「男女の平等」が美徳であるとして表明され、追求されるようになったのは、近代も二十世紀の半ば、第二次大戦後である。

そういう意味では、清少納言は私たちの時代の、遥かに遠い先駆者だということになる。そして、『枕草子』は、そうした男性と平等な女性の精神と感覚とがいかに見事に自由になり得るかの、最上の見本である。

『方丈記』

作者鴨長明《かものちょうめい》は清盛《きよもり》が平家一門の棟梁となった年（一一五三年）に生れた。したがって、その成長期は平家の興隆期と一致しているし、彼の二十代はやはり平家の全盛期であり、三十代に平家滅亡と鎌倉幕府の成立を迎えるわけである。

そうした動乱期に、小貴族の家に生れ、この時代の貴族社会の没落に伴う様ざまの社会変動のなかに翻弄されたのが、彼の一生である。そして、それはこの時代の大部分の知識人たちの運命を代表している。

彼の家は賀茂神社の神官であった。しかし、彼の父は早く死に、孤児となった彼は父の職を継ぐことができなかった。一族の者にその職を奪われてしまったのである。そうして保護者を失った彼は、少年期に従五位下に叙《じょ》せられたまま、終生、官位に就くことはできなかった。三十代には生家からも追われて、小さな庵《いおり》に移り住んだ。

四十代には後鳥羽院《ごとばいん》の仙洞に出入する歌人となり、次いで和歌所の寄人《よりうど》にまでなることができて、彼の不遇の生涯は、ようやく薄ら日が射すようになったかと見えたが、またそうした彼の人生を、冷酷な挫折に追いこむべき事実が起った。

というのは、当時の最高権力者であった後鳥羽院は、長明を引き立てようとし、ちょうど、欠員のできた下鴨社に彼を神官として任命させようとして世間でもその噂が拡まった。ところが、賀茂社の長官がその動きを予知して、妨害工作を行い、彼の任官は流れてしまった。

それが彼に再起不可能な打撃となった。彼は世を捨てて、大原の里に移り住んだ。そうしてさらに、後になって日野山の奥に方丈（一丈四方）の極く小さな庵を作って、そこに籠ることになる。

その隠者生活のなかで、自分の一生を振り返って、悲観的な人生観を書き綴ったのが、この『方丈記』である。

彼にとっては少年時代から、父の職を襲うことが念願であり、それが困難なら困難なほど妄執となって、一生を支配した。彼はその希望のかなえられないのを不遇と感じ、その代りに詩歌管絃に精進《しょうじん》することで、不満を克服しようとし、現に当代の代表的な歌人となることができたけれども、それでも五十歳になって、最後の神官就任の機会の失われたことが、人生を下りてしまう契機となった。

そのような彼は隠者生活に入ってからも、仏道を一途に求めるというふうにはならなかった。自分の一生は失敗であるという認識が、いつまでも諦めきれない想いとなって、彼の胸を嚙んでいた。

『方丈記』はだから欣求《ごんぐ》浄土《じょうど》を説く宗教書とはならず、不幸なのは自分一個ではなく、人生そのものであり、全ての人は流転し没落して行くのだと、彼の実見した様ざまの有為《うい》転変《てんぺん》の事件を並べたてることで、むしろ彼自身の満たされぬ人生を慰めようとしているように見える。

したがってこれは、痴愚の書であり、悟脱の書ではない。が、痴愚の書であるが故に、その後の多くの時代の知識人たちの不遇を、秘かに慰めて来てくれた、と言えるだろう。

特に今世紀になって、第二次大戦中、多くの都市が空襲で焼かれ、食糧難に苦しめられ、死者を路傍に見ることが日常生活となった時、この書物によって精神の崩壊から救われた人びとは、少なくなかったろう。

その代表的な例が伊藤整の『鳴海仙吉』のなかに見られる。

なお、この『方丈記』は十世紀の慶滋保胤《よししげのやすたね》の『池亭記《ちていき》』という文章の影響が著しいということを、学者たちによって指摘されている。慶滋保胤も鴨氏の一族であった。慶と賀、滋と茂とは同意であって、慶滋はしたがって賀茂である。長明はこの先祖の作品に深い崇敬の念を抱いていたらしく、『方丈記』の後に書いた『発心集《ほっしんしゅう》』も保胤の『日本往生極楽記』に啓発された跡が明らかであるという。

『徒然草』

作者吉田《よしだ》兼好《かねよし》は鎌倉時代から南北朝にかけての隠者たちの代表的なひとりである。

彼は青年時代宮廷に仕え、下級貴族としての家柄からすると、彼の一生の官位の昇りきる限度は始めから代々、固定していたのだが、それが幸運にも二十歳代でその限度まで達してしまった。それで、それ以上、仕えていても出世の見込みは全然ないというので、三十歳になるかならずで、さっさと世を遁《のが》れて出家してしまった。

若くして人生の達人であったわけである。

彼はそのようにして自由になると、専ら歌人として、教養人としての、趣味的な生活を送った。人は全てやがて死ぬものであるとしたら、徒らに死を恐れることなく、生きている間美しく生きようというのが、彼の生活信条であった。

「美しく」というのは、我が王朝の伝統が宗教も倫理も全てを審美的に捉える習慣があったから、それに従ったわけである。そしてその美しさは根底に、微妙な平衡感覚を持っており、過度な欲望によって快楽追求に奔走するというような猛烈な生き方は「醜い」ということになる。

しかし一方、この自由人は、人それぞれの生き方があることを認める、心の寛大さを持っているのだから、自分と異なった人生観上の立場を攻撃したり、冷笑したりもしない。

こうした平衡感覚と寛大さとによる生き方を、情熱的な青年などは「中途半端な生き方」だとして軽蔑するかもしれないが、どうしてなかなかこの一見、通俗的で利己的な人生観も、ばかに出来ないのであって、彼の書き残した随筆『徒然草』を、青春の激動期を過ぎた人があらためて読み返してみると、人生について驚くべき透徹した作者の眼に、頭が下る思いをするものである。『徒然草』は五十歳の知識人が、自分の半生について恐れも怒りも恨みもなしに、深い愛情をこめた眼で眺めてきた様ざまの経験をさりげなく書き綴ったものである。愛情と透徹とが相伴った眼というものは、尋常一様の眼ではない、ということも心せわしく生きている人間には理解されないだろう。

だからこの作品はフランスのモラリスト文学と最も近い作品と言えよう。つまり一種の人性研究書なのである。そうしてモラリストの特徴というのは、社会に交わりながら、社会からある距離を持ち、一方、生死の大事についての覚悟ができていながら、人生を捨ててしまわない、という巧妙な生き方で、兼好は正にその最良の実例である。

彼は出家したけれども、宗教生活によって現世を離脱したのではなかった。それも人生に満たされぬ思いが残っていたために、恋々たる怨恨の眼で人生を眺めていたのではない。彼の精神はいつでも人生のなかへ入って行き、また離れたい時は離れることができた。

贅沢も好きだったが質素な生活にも苦痛を感じなかった。時代は彼が現世的な立身を遂げることを許さなかったが、彼はそうした外面的な不自由を、見事に内面の自由によって克服した。

これはこれで、ひとつの徹底した、筋の通った生き方なので、こうした人物を「賢者」というのだろう。そして、その精神の強さにおいては「賢者」も、「権力者」や「快楽追求家」や「革命家」に少しも劣るものではない。

さて、この章の、後の二つの作品が「王朝」と言うより「中世」の産物であるから、厳密に言えば、表題が適当でないと感じる人もあろう。しかし、長明も兼好も、人生観的には未来の方向を向いている精神ではなく、長明は亡びる王朝文明のなかに自分を末世の人と信じていたのだし、兼好は外的には亡びつつあった王朝文明を、己れの内部に生きいきと保っていた人であった。

そこで、これらの作品をこの順序で通読する人は、図らずも我が中古から中世へかけての精神文明の変遷に立ち合うことになるのである。

作者たちも、最初は官人であり、やがて女房になり、最後は隠者のものになる。これもこれら六篇の作者が偶然そうなったというのでなく、それぞれの時代の文化の担い手を、代表しているのである。

平安朝の初期においては、文明は中国からの輸入によって建設された。それを引き受けていたのは、貴族であり官吏であった男性知識人であった。それがやがて文明の極盛期から頽廃期になると、いわゆる王朝文化は宮廷女性たちの閨房のなかへその中心を移したのである。そして、さらに武家の擡頭《たいとう》によって、この閨房が崩壊した時、文明は世捨人たる隠者たちの懐ろに逃げこんだ。

王朝的なるものが、官人から女房へ、また隠者へと受け継がれて行く間に、どのような微妙な変遷をとげて行ったかを、探り見るのも、これらの作品を通読する愉しみのひとつだろう。

Ⅵ 『狭衣物語』の再評価——二つの変奏曲——

さて、作り物語（小説）のジャンルでは、『源氏物語』のあと、数多い亜流作品が生れ、その大部分は亡びて行った。

残ったものは、しかし、なかなか、それぞれに卓《すぐ》れてもいるし、独自性もあって、『源氏物語』の単なる「亜流」と考えることはできない。

『夜半の寝覚』の室内楽的恋愛心理、『とりかへばや』の倒錯性欲のロマン・ノワール（暗黒小説）的世界、『浜松中納言物語』の幻想と夢との旋回的構造、ｅｔｃ。……

それらの一連の物語群のなかで、特に『狭衣物語《さごろも》』は中世では『源氏』『狭衣』と併称される位い、評価が高かった。しかし、近代になってからは、人びとは学校の文学史の時間に表題だけを暗記するにとどまって、ほとんど専門家以外は誰も頁《ページ》を開こうとしなくなっている。

私はそこで、この不幸な物語のために、かつてふたつの名誉回復のための文章を書いた。

それを今ここに紹介する。

1

『狭衣物語』は長い間、『源氏物語』に次ぐ名声を保持していたらしい。鎌倉初期の『無名《むみょう》草子』という文芸批評の本のなかでも『源氏』の次はやはり『狭衣』だとして、疑いもない扱いを受けている。

それが近代においては『源氏』は世界的名声を博した世界文学の一古典となり、『狭衣』は文学史のなかで眠ってしまって、読者も失ったし、この作品を特に推したり、またここから影響を受けたと告白している批評家も作家もいなくなった。

もっとも我が国の近代小説の流れは、王朝物語全体と関係のない道を進んでいた。自然主義以来の写実という考え方からすると、『夜半の寝覚』も『浜松中納言物語』も浪曼的だというふうに見られて、むしろ「小説」扱いはうけなくなっていた。

近代小説の写実の考え方からすれば、王朝の貴族生活の唯美的な描写は、あまりに現実離れがしていたし、人間生活を「庶民」の立場から見るという方向では、生活の苦労から解放されて人生の美化に専念しているような人物たちには共感も起りようがなかったのだろう。

また人生の醜さのなかにこそ真実があるという文学的立場からすれば、花鳥風月のなかに恋を囁《ささや》いている人物たちを動かしながら、美しい描写をしている王朝物語というものは、嘘に見えたのだろう。

そうした一連の「王朝物」が、もう一度、小説としての扱いを受けるとすれば、ということは、これからの文学者にとって、王朝物語が小説伝統のなかへ組み入れられるとすれば、それは近代の小説観そのものに変化が見えて来たということである。

それは近代写実主義小説の「写実」というものが、現実を見る立場としては、狭すぎるという反省が出て来たということにもなる。あるいはまた自然主義流の「写実」というのが、現実認識の唯一の方法ではなく、また科学のように客観的な正確なものでもなく、それはやはり一時代の流行的な文学的な手法だということが、時代の流行の過ぎ去った後で判って来たということにもなろう。

文学は、どういう意味でも人間の心を動かさなければ面白くはないわけだし、人間の心を動かすには人間性の真実に触れなければならない。そうして人間性の真実に触れるということと、近代小説のレアリスムというものとが、そのまま重なるというふうにはいかないだろう、ということが今日では、だんだん判って来た。

自然主義レアリスムからすれば王朝物語はつまらない、としても、人間性の真実に触れるということを、自然主義の人工的な義眼から自由になった立場で見れば、王朝物語もまた自然主義の作物に比べて劣っているわけではないということも判ってくるだろう。

王朝物語の作者たちは、その時代の流行的な手法で小説を書いた。だから、流行の亡び去ると共に、面白くなってしまった部分もあるのは当然である。

しかし、作家は常にその時代の流行に支配されているとしても、流行の衣をまといながらも、時代を越えた真実の肉体の声を、自《おの》ずと発しているものである。聞く耳さえ持てば、その声は遠い後代からも聞えるはずである。特に「王朝物語」は我が王朝の美学の大きな表現の一部である。そうして、王朝の美学こそが日本の伝統的な美の源泉として、今日でもなお、その感じ方は生き残っている。

私たち日本人の美的感受性の根底には、王朝の美学が横たわっている。だから、偏見なしに、王朝物語を読めば、その時代の相違を越して、そこに人間が生きて動いているのが見え、しかも、極めて感覚的な親近感と共にそれが見えるはずである。

近代小説の伝統はこの王朝の美学にも反逆して来た。そして、その反逆は確かにある効果をあげ、従来の日本人の知らなかった真実を捉《つか》むことに成功した。が、それは一方で、私たちのより深い美的感受性に訴える何物かを、必然的に逸してきたことも事実だろう。

私たちはそうした点では、王朝物語を読むことで、近代小説には感じないある心のなかの絃が鳴りはじめることを感じるはずである。特に『狭衣物語』はそうした意味では、王朝末期の人々の感受性を、ほとんど戯画的といってもいいくらいに拡大して表現しているものである。だから、たとえば気のきいた短篇集『堤中納言物語《つつみちゅうなごんものがたり》』などとは異なって、特に日本人の心の近代的でない部分に触れるだろう。つまり近代的な分析では解りきることのできない心の秘密が、そこには濃厚な密度で描かれている。それが私たちを感動させる。

『狭衣物語』はそういう意味では、近代的に限定された私たちの心の解釈を、もう一度、自由に広い場所で反省させ直してくれるともいえる。つまり、それはドストエフスキーなどを読むのと同じ作用を持っているのである。あるいはピランデルロの芝居を見るのと同じといってもいいだろうし、T・S・エリオットの詩を読むのと同じといってもいいかもしれない。

2

最近、『狭衣物語』がある古典文学全集の一冊に入った。

この全集に入る作品は、日本文学の古典でなければならない。しかし、『狭衣物語』は現代において、「古典」だろうか。——

私はそれに深刻な疑問を持たざるを得ない。もし古典でないのならば、その全集にこの作品を入れるのは間違いであり、専門家諸氏の見識は疑われねばならない。逆に、もし古典ならば、専門家諸氏の先見の明は大いに賞讃されなければならない。

何を言っているのだ。『狭衣物語』は古典に決っているではないか——という反論は、ばかげた俗論である。なるほど、この作品は無名のものでもなく、今日はじめて発掘されたものでもない。しかし、古典というものは、代々の文学愛好家の手によって、今日まで受け伝えられてきたものであるはずである。

ダンテの『神曲』は永久に古典として残るだろう、何故なら、誰も読まないから、という皮肉を言ったのは、ヴォルテールだったか、アナトール・フランスだったか、芥川龍之介だったか忘れたが、しかし、「誰も読まない」『神曲』の評価の変遷の歴史は書くことができる。そして、その歴史はそのままヨーロッパ精神史と重なるのである。誰も読まなくても、その時代の最も偉《すぐ》れた精神のなかで、常に生きていれば、それは古典である。多分、その作品が生き残るためには、必ずしも「誰も」というような読者を必要とはしないので、読者として、「幸福なる少数」を宛《あて》にしていたスタンダールも、自分の作品を古典とすることに（今世紀になって）見事に成功した。『赤と黒』は長い間、誰も読まなかった。しかし、テーヌが読み、ニーチェが読み、ドストエフスキーが読んだ。彼等は皆、例外者「幸福なる少数」者であった。そうして、そのような「幸福なる少数」者の手から手へ一世紀の間、手渡されて来て、今日では、幸福だか不幸だか知らないが、多数者の手にまで到着した。そして、名実ともに「古典」となった。

一方『源氏物語』は、はじめから多数者の手にあったように見える。この作品は生れた瞬間から「古典」であった。これほど運のいい作品も稀《めず》らしい。千年近くの間、この作品はいつも誰にも読まれ、そうして時代毎に、その相貌を変化させながら、今日まで生きて来た。『源氏』の評価変遷史は、正に日本精神史の真中を一本の糸のように貫いている。――

さて、『狭衣物語』はそれならどうか。多分、書かれた当時は『源氏』に雁行《がんこう》する名声を持っていた。もし、鎌倉時代に「古典文学全集」が編まれたら、文句なしに、第一期に入っただろう。ところがそのうちに、ふっと消えてしまう。それは「源氏亜流物語」というジャンルのなかへ、一括して抛《ほう》りこまれて片付いてしまう。読者の頭脳経済は『源氏』によって王朝物語を代表させ、『源氏』だけを読めばよろしいということになっていく。

残ったのは、『狭衣物語』という名前だけである。「誰も」読まなくなっただけでなく、「幸福なる少数」の手からも離れてしまった。『狭衣物語』は死んだのである。そして、死んだ古典などと言うものがあるものではない。古典の最も簡単な定義は「生きている」ということなのだから。

しかし、まさか誰ひとり読まないのに、テキストが今日まで残っているはずはない。それはそうである。しかし、それは読まれたとしても、「源氏亜流物語」として読まれて来た。柳亭種彦《りゅうていたねひこ》を読み飽きた人が、次手《ついで》に柳下亭種員《りゅうかていたねかず》を覗いてみる、あるいはプルーストを読み返す閑《ひま》に、ルネ・ボワレーヴかエドモン・ジャルーの小説を手にするのと同じことである。これでは『狭衣』を『狭衣』として読んだということにはならない。『源氏』の移り香を愉しまれただけである。美しい姉の代りに、いくぶんか面影の似た醜い妹が望まれたというだけのことである。

しかし、もう一度しかし、『狭衣』は『源氏』の醜い妹に過ぎないのか。そうならば、『狭衣』を古典だと言うのは、ベークライトのコップをヴェネチヤ・グラスだと言うのと同じ、低級な言いくるめに過ぎない。

ところで『狭衣物語』は、いつの頃からか、私のなかで生きはじめた。ということは、『狭衣』が『源氏』の影のもとから自由になったところで、独自の美しさを持って私に感じられるようになった、と言うことである。そして、『狭衣』は私にとって、「古典」となった。

が、古典文学全集は私だけのための全集ではない。私はこの作品が全集に入ったことを、我がことのように、いや、我がこととして喜ぶが、しかし、その喜びには羞恥が伴う。『狭衣』は本当に文学的価値が認められたからではなく、数百年の昔に、古典だということになったと言うだけの理由で、そこに加えられたのなら、その名誉は純粋な喜びとはならない。現在の製品が感心されたのでなく、老舗《しにせ》だというだけの理由で名店街に加えられた菓子屋の主人と同様、その喜びのなかには、一抹の苦さの混入するのを気がつかないわけにはいかないだろう。

『狭衣』は現在のところ「幸福な少数」の手にさえ渡っていないように見えるのである。その証拠には「狭衣物語評価変遷史」を書こうとして見るがいい。それは歴史の体裁をなすことさえできず、日本精神史とも日本文学史とも現代文学の状況とも、交わるところのない、好事家《こうずか》の列伝の如きものになり終えてしまうだろう。

『狭衣』の愛好者としての私は、私の名がその好事家列伝の末に書き加えられることで満足することはできない。いや、私の名などはどうでもいい。『狭衣』そのものが古典の虚名を貼りつけられたままでいることを、『狭衣』自身の文学的価値のために、私は惜しむのである。

私は偉れた文学愛好家諸氏がこの作品をどう思っているか、この作品が、『源氏』から独立して存在を主張し得るだけの価値を持っていると考えられるかどうか、そういうことを知りたいと思う。

そうして、先ずこの作品が、「幸福な少数」者のものとなり、やがて大衆のものとなる日を、私は遠くに望みたいと思っている。

私は、現代の作家、批評家、文学愛好家の人々の間で、この作品を巡っての真剣な論争の起る日を、一日千秋の想いで待っている。その論争を通して、はじめて『狭衣物語』は本当の古典となるだろう。

Ⅶ 『堤中納言物語』

以上の如く不当に無視されている不幸な長篇小説の群れのなかに、ただひとつ、これはははなはだ幸運なる短篇小説集がある。

『堤中納言物語』である。

文学にはひとりで味わうべきものと、公衆と共に鑑賞するものとふた通りある。

たとえば『平家物語』のような語り物は、元来、書斎で読むべきものではない。一座のものが、一緒になってひとつの感動に酔うようにできている。それに対して『源氏物語』などは、実際に、書かれた当時は、後宮で読み役がいて、何人かが聴いたという事情はあるが、理想的鑑賞態度としては、孤独な書斎で読むべきである。(これは芸能の方でもあるので、たとえば、芝居は観衆がいわばひとつの魂となって観るのに対して、映画はひとりずつ孤立して、観ている。テレヴィジョンは茶の間のものであるが、放送劇は寝室のものである)

が、公衆と共に味わう、といっても、それは必ずしも文学の場合、語りものという要素がある時だけではない。

もっと微妙に、創作の際の精神の場が、孤独の密室であるか、ある一定のグループなり、サロンなりのために、その集りのひとりとして働くようなところに作られているか、それが問題となる。

勿論、この場合、ある作品を、はっきりどちらかと分けることはできなくなってくる。ただ比較的に言えるだけである。

先に『源氏物語』を孤独の作品だと言ったが、一体に、王朝の長篇物語は、そうした孤独型である。ひとりで垂れこめて、燈火の下で、心をこめて読み耽るにふさわしい。

これは我が王朝のものばかりでなく、すべて長篇小説（ロマン）には、古代ローマの『サチリコン』や『金の驢馬《ろば》』以来、現代の『失われた時を求めて』や『ユリシーズ』にいたるまで、あるいは『暗夜行路』や『細雪』にいたるまで、そういう傾向が強いのであって、作者はその時代のその社会のために書いたといっても、より本質的には孤独な内面のドラマを、孤独に表現している。そしてその仕事が読者のひとりひとりの密室へ伝達される。

それに対して、短篇小説には、あるひとつの文明圏の、ある特定の知的感情的に洗練されたグループの一員が、そのグループを代表して、そのグループの愉しみのために書くという場合がある。（抒情詩にも、そういう公開用のものと、個人用のものと、ふた色あることは、容易に納得がいくだろう）

メリメの短篇などは、まさにそうした社交用のもので、彼の属するサロン文化のために書いたし、そのサロンの成員が、愉しんだ。

そこにあるのは、作者の孤独の魂であるよりは、サロン人の社交的な精神である。同様な例は、やはり同じフランスの十八世紀のサロンのために短篇を書いたヴォルテールの場合で、彼は彼の独自の思想を語るというより、彼のサロンの思想を、面白い物語に仕組んでみせたという傾きが強い。

我が『堤中納言物語』も、正にそういう作品で、そのサロン性、社交性はもっと徹底している。歌合せの大概《たいがい》の歌が、作者の心の底からの独自の声、独自の体験の、独自の形式のなかでの表現というより、ひとつのサロンの共通の体験の、共通の美学による表現であるのと同じように、ここでも、ほとんど作者は問題とはならない。

最初に感じられるのが、独特の個性のある作家の魂ではなく、平安朝末期の社交界の雰囲気である。

だから、ここには、他のどの作家にも見られない、特殊な感受性とか、特別な観察とか、特異な表現とかの代りに、そのサロンの誰でもが感じ、考えるような型が、はっきりと現われている。

個性の文学ではなく、型の文学である。

したがって読者の方も、個性を愉しむのでなく、型を愉しむ。もし個性を愉しむとしても、型のなかの個性を愉しむ。そして、現に、あの十の短篇が、全部作者が違うのか、それとも、あの中の幾篇かは同一の作者の作ったものなのか、それは気にならないし、気にしたとしても、たとえば題材の点でも、文体の点でも、ある程度以上の区別はつけにくいだろう。

それ故『堤中納言物語』を愛する人は、半ば無意識に、あの時代のサロン的空気を愛しているのである。

その証拠には、あの十篇のどれにも、反社交的な孤独の問題、既成秩序に対する反逆の問題、さらには死の問題や、神の問題は登場しない。読者も、ひたすら趣味の高い人生肯定にふれることを喜ぶので、人生いかに生きるべきかが書かれていない、などと野暮はいわない。

サロン文学は、決して人生の大問題は扱わないというのが、むしろその礼儀ともなっている。大問題はサロンから帰って、孤独になった瞬間に、ひとりで考えればいいので、典型的なサロン人ともなれば、ひとりではいられないし、ひとりでいても、たえず昨夜の会合の想い出をいとしんだり、今夜の集りの期待に胸をときめかしているものである。

私の想像では、この十篇の小説をひとまとめにした人は、何かの理由でサロン出席の自由を奪われた教養人であって、その失われた快楽の思い出をよみがえらすよすがに、この小アントロジーの編纂《へんさん》を思いついたに違いない。

彼は、あるいは彼女は、かつての後宮の集りに聴いた小物語の写しを取り出して読み返し、記憶にだけとどまっていて実物のないのは、昔の恋人のもとへでも使いを出して借りにやらせ、そうして長い一日を、何十篇となく列《なら》べた原稿の、あちらを見、こちらを覗きして過したのだろう。十篇だけ採るとすればこの作品も捨てがたいが、といって、もしこれを拾うと、こちらの、これだけは絶対に入れなければならない方に、題材がつきすぎるし、これはそれほど面白くないが、といって、これが読まれた晩の愉しい思い出はどうしても忘れられない。この物語が動機となって、あの女（あるいは男）と、あのような仲になったのだから……

編者はそんなことを考え考え、ここに十篇をようやくひとまとめにした。そうして、それを今度はひと揃いの装幀にするために、どの紙にどのような表紙をつけてなどと、床に入ってからまでも思いつづけたのだろう。

そうして、その編者はあるいは院政期から源平時代への社会的混乱のなかで、この愉しい思い出の一巻の書物を作った翌日にでも、生命をおびやかされるような、およそ非サロン的な事件に巻きこまれてしまったのかもしれない。

武士たちの乱入で荒された庭先に、ほうり出されてあったこの書物が、今度は邸の主人をしのぶために、誰かの手によって拾われ愛蔵されている間に、人手から人手にわたり、いつか堤中納言などという、わけのわからない表題がつくようにもなってしまったのかもしれない。……

このサロン的産物である短篇集は、このように一篇ずつを愉しむだけでなく、このような一冊の書物が、いつの時代かに纏《まと》められたということでのこうした空想をそそる、そういう種類の文学なのである。

Ⅷ 『今昔物語』――武士を頂点とする庶民の世界――

貴族の女性たちによる王朝文学も、しかし末になると、別の新しい文学の担い手たちが擡頭してくる。

それらの武士を頂上とする庶民の文学は、同じ現実を描いても全く異なったニュアンスを示し、また、貴族の女性たちの眼に入らなかった現実も、はば広く文学のなかへ取り入れられてくる。

前に『源氏物語』について語ったところで、同時に『今昔物語』のような庶民の側からの証言にも注意するようにと指摘しておいたが、その点を、ここで改めて精しく考えてみたい。

1

『今昔物語』は、今から九百年ほども前、歴史上、院政時代といわれる平安朝末期の頃に作られた書物である。

が、それは近代的意味の作者というものがいて、この厖大な極く短い話の群れを、ことごとく「創作」したというわけではない。

だから、これは「小説集」というものではなくて、平安朝時代の様ざまの巷《ちまた》の噂話、ゴシップ、スキャンダルの類《たぐ》いから、外国の話や伝説や、それから多分、海外の書物にある逸話のようなものまで、目にし耳にするものを、次つぎとノートして行って、いつの間にか大層の量になったのを、「天竺《てんじく》」「震旦《しんたん》」「本朝」と三大別し、そして、それぞれの話をまた題材や、話の含む意味などによって、適当に配列して、首尾一貫した書物としたものである。

だから、この本を作った人は、名前が知られていないし、「著者」といえるかどうかも判らない。こうした話の蒐集をやっていると聞いて、知人たちも大いに協力して、話を聞きこんできたり、メモを渡してよこしたりしたことだろう。

だから、あるグループの「共同著作」と言ったふうの成立をしたのかもしれない。

多少、失われている部分があるが、三十一巻で千以上の話が集まっている。大した労力だったろう。いや、それ以上に、この話の纏め役の人は、恐るべき好奇心があったということになるだろう。

特に、一般の読者にとって面白い本朝の部、つまり日本の話は分量が最も多いのは、当然のこととして、大部分は直接に人の口から採集したに違いない。

またこの本が出来上る途中でも、勿論、出来上った後でも、それは知識人によって読まれるだけでなく、普通の民衆が面白い話を聞きたがる時に、この本が材料になって話して聞かされただろう。つまり、坊さんの説教の時などの種本《たねほん》となっただろう。

だから、この本は西洋の中世の終りから近代初頭のルネッサンス時代にかけて、各国で作られた説話集、イタリアの『デカメロン』とか、フランスの『エプタメロン』あるいは『新 百 話《サン・ヌーヴェル・ヌーヴェル》』などと似た点もあるし、またドイツの十九世紀初頭のグリムの『童話集』を連想させるような点もある。

『デカメロン』と比べると、しかし、『今昔物語』は、より直接的な見聞という、だからより作為性（話を面白くしようという「物語性」または嘘）が少ないし、また古い時代の人間の持っている迷信とか俗信とかに支配されている部分が多い。

そこで、グリムのような民俗的な要素が強いという感じもするが、今度はまたグリムに比べると、もっと生まなましい日常性、社会性がある。つまり、個々の話が象徴とか寓意とかへ昇華される手前で、生《なま》の素材のままで捉えられている。グリムの童話集のなかでは、動物が口をきくのは当り前であり、つまりそれだけ日常の常識的感覚とは別の「民話」的世界が作り出されているのだが、『今昔物語』のなかでは同じ現象は、珍奇なこと、不思議なこと、として描かれている。超自然的な現象が語られていても、それは当時の一般的な人々が普段、感じるであろうように、当時の「日常的意識」、社会的常識にしたがって提出され、解釈されているのである。

だから『今昔物語』は、一方で民俗学者たちに多くのことを教えてくれるとしても、より多く、当時の日本人の精神状況について、私たちに報告してくれている。

「報告」してくれている、という言葉は、この書物の文学的性格を現わすのに端的に役に立つ。つまり、この書物は、もともと、近代的意味で「文学」を意図して作られたものではない、ということなのである。

2

たとえば、夏目漱石の『明暗』は、大正初期の我が国の都市中産階級の生活や精神を「報告」するために作られたのではない。『明暗』はそうした歴史的事実の「報告」としてはあまりにも不充分であり、不充分であるということは、その文学的価値をいささかも傷つけるものではない。文学の目的は別なところにある。それは言語的手段によって、読者の日常的経験とは別の、より純粋な観念的世界を作りあげることである。それを「美」と言うのである。

しかし、『今昔物語』はそうした別世界を観念のなかに構築することを意図したのではなく、読者の日常的経験をより豊富にすることを企てているのである。

この物語は実に、その舞台がほとんど日本全土におよんでおり、そして当時の日本人で、それだけの場所を訪れる機会のあった人間は、ほとんどひとりもいなかったのではないか。

つまり、この書物の読者、または聴手は、いながらにして日本全土を眺めわたすことができたのである。

そうした日常的経験の拡大ということ、それは単に地理的な拡大を意味するのではなく、経験の質の変化をも引き起すようなものになって行く。

天狗や鬼や精霊のようなものと、個人的な関係を持たない読者・聴手も、この無数のエピソードによって、そうした超自然の世界と関係を持つようになる。

これは今日の人々が、週刊誌の記事によってアメリカの女優の離婚について知ったり、英国の宮廷の内部的事情を覗き見るような気がしたりするのと、好奇心の満足という点では共通の要素があるが、しかし、その知識に対する信頼度は、今日の人々よりも遥かに高かったに違いない。

これは平安末期の人々より、今日の人々の方がソフィスティケイトされている、すれていると言うだけでなく、『今昔物語』の方が今日の週刊誌の記事よりも、より純度が高い、と言うところからも来る。その証拠には今日の読者もなお、この古代末期の小物語群のなかを通過しながら、新鮮な心の躍動を感じるのである。

だから、いわばこの物語は、時間の経過と共に、作者の意図と関係なく「文学性」を増して行くことになるような性質を持っているのである。

そこには、作者の意図と、その出来上ったものの価値のあいだの、一種の無関係という、皮肉な現象が見られる。

文学史のなかには、純粋に文学的意図によって制作され、しかもその時代には絶大な評価を与えられながら、時代の変化と共に、全く文学的価値を失ってしまったものの厖大な量が埋没しているはずである。

が、とにかく、この書物は、あの時代の社会風俗の「報告書」という性質は、相変らず消えてはいない。

だからこそ、この今日では文学的作品となりおえた書物のなかから、もう一度、材料を借りて、別個の文学作品を作りあげるという試みが、現代でも跡を絶たない。

それは小説や映画の素材として、何度も利用され、そして現代の作者の仕事を光輝あらしめている。

そうした、他人の作品に材料を提供するという美点は、それ自体完成した純粋な文学作品は決して所有していないものである。

誰が、パロディーを作るというつもりでなしに、真面目に光源氏を主人公とした小説を書こうとするだろうか。――

3

『今昔物語』の各挿話は多少の長短の相違はあるが、全て同一のスタイルを採っている。

それは必ず「今は昔」にはじまり、「となん語り伝へたるとや」に終っている。

あまり紋切型なので、今日の読者はおかしくなるくらいであるが、しかし、この決りきった冒頭の枕のあとで、筋が思いがけないくらい自由な展開を見せ、読者をあっと言わせておいて、「という話である」と、さりげなくつっぱなしてしまうやり方は、なかなか、効果的である。話術としては実に巧妙なわけである。

つまり、ひとつの奇譚をお話ししますよ、と言って、相手の期待を盛りあげておいて、やがて話者の手くだによって、聴手の心を散ざん翻弄し、面白がらせたり怖がらせたりして、心を揉みくたにしておいて——聴手にその物語の真只中にあるような思いを味わわせておいて、——それから、その物語の世界を、不意に遠ざけてしまうのである。

どこへ遠ざけるのか。——それは「語り伝へ」のなか、つまりは集合意識のなかへである。

この物語には作者はない、とはじめに言った。もし「作者」というものを想像するとすれば、それは人の口から口へ伝えられる間に、最初の経験の個人的な特異さが失われて、ひとつの共通した民衆的な感情の反応の型に固定されて行ったのだから、その個々の挿話を、次つぎと手渡して行った民衆そのものが作者である、ということになるだろう。

すなわち作者は「集合意識」だということになる。

近代的な意味での作者というものは、ある事件に対して必ず特異な、その作者独自の反応を示すものである。そうでなくては「作者」とは言われない。近代においては何よりも尊ばれるのは「独創性」であり、独創性こそ、作者の個性の刻印なのである。

しかし、伝承的な説話というものは、必ず語り伝えられる過程で、そうした独創性のようなものが、けずり取られて行く。その物語が様ざまの語り手の心のなかへ住まうためには、ある特殊な心の癖は不必要だし、邪魔なのである。

たとえば、親子の愛情の話をするとすれば、現代の作者なら、その特別の場合だけの、他の場合には通用しない、ある心理をそこに提出しなければならない。それはある事件に対するその作者の人生観の反応なのである。

だから、同じ事件を扱っても、他の作者が描くとすれば、また全く別の心理的説明がそこになされるわけである。

しかし、説話においては、「親子の愛情」はあらゆる親子の間に通用する心理に従って解釈されなければならない。『今昔物語』のなかの全ての物語に与えている解釈は、そのような普遍的、一般的なものであり、全ての聴手が、抵抗なく納得するような性質のものである。だから、原則としては誰が書いても同じ話になるわけであり、そうした意味でも、作者不在なのである。あるいは、作者はやはり集合意識なのである。同様にして、これらの物語は日本全土に及んでいると言っても、個々の挿話に地方色というものは稀薄である。あるひとつの地方にしか通用しない心理というようなものは、近代的独創性同様、伝承には有害なのである。

そのようにして、『今昔物語』の様ざまな話は、全てひとつの型に入れられて列んでいる。しかも、その紋切型のなかで、このように奔放にそれぞれの話が展開するというところに、この書物を、単なる話の種本でなく「文学」に高めている特徴があるので、作品のなかにおける精神の自由と、その作者の独創性とは、近代で信じられているように、必ずしも平行関係にあるのではない、という最も有力な証拠が、この書物なのである。

4

このような集合意識の産物は、文学の発展段階でいうと、初歩的なものであることは間違いない。

それが、どうして、その直前の、あの最も洗練され、手のこんだ『源氏物語』とか、直後の複雑極まる美意識の所産である『新古今集』というようなものに挟まれて出現したのか。

これは実に面白い問題である。

たとえば文体にしても、『今昔物語』のそれはまことに明快で、大まかであって、今日、原文で読むことも――というのは、当時の人々と同じ速度で読むという意味であるが――そう困難ではない。

ところが『源氏物語』を川端康成を読むのと同じ速度で読むことのできる人は、専門家以外にはいないだろう。読める人は専門家になったと言うべきである。

御承知のように、『源氏物語』の文体は、当時――平安後期――の、最も爛熟した宮廷文化のなかの、しかも社交界の女性の話し言葉を文章語に洗練させたものである。

今日においても、社交界の女性の会話というものは、最もニュアンスに富んだ、最も微妙な意味を含んだ、最も暗示力を持つものであって、その社会に馴染まない人間にとっては、しばしば難解であり、その面白さはほとんど理解されないものであるが、今日とは比較にならないほど高度に発達していた平安朝の宮廷社交界の女性の言葉は、現代の私たちにはまことに判りにくい。それは言語学的困難さに加えて、体験的困難さがあるからである。

当時の姫君や女房たちは、私たちにとって無意味である喜びや苦しみの、細かい部類分けや段階の区別のなかで生活していたろうし、私たちが今日の日常生活のなかでただひとつの感情として受けとっているものを、彼女たちは幾つかの場合に、それぞれ異なった種類のものとして経験していて、それを極めて微妙な変化を持たせて表現しているのである。

国語字典は到底、そこのところまで分け入ってはくれない。

『新古今集』の歌にしてもそうである。あれを一般的な常識だけを便りにして読もうとしても歯が立つものではない。そもそも前提として、内外の古典に対する厖大な教養を必要とする。註釈で理解することと、面白がることとは全く別の心の働きである。前者は知性の、後者は感受性の領域の仕事なのだから。

ところが『今昔物語』を読むには、そのような障害は全くと言っていいくらい存在しない。判りにくいのは、今日ではもう使われなくなった日用品の名前くらいのもので、それは簡単に字引が解決してくれる。

つまり、文学的に言うと、『源氏』や『新古今』と、この『今昔』とは別の系列のものだということになる。『源氏』が発展して、あるいは衰退して『今昔』となったのではない。

発生の場所が全然、異なるのである。

これは平安朝の大部分の文学の発生した、宮廷の後宮からの産物ではないのである。その後宮の蓄積して来た高度な伝統を、少しも利用しないで、一般の庶民のなかから生れて来たものだ、ということになる。それは後宮の洗練され複雑化された文化的な遺産とは関係のない、もっと素朴な、古典的知識などを前提としないでも理解できるような性質の文学である。

『今昔物語』が、本来、純粋に文学的な意図で作られたものではない、ということは、逆に言うと王朝の女流文学は、本来、高度に意識的な文学的意図にもとづいて製作されたという意味なのである。

したがって、文学的にはこの作品は、むしろ後のお伽草子などとよく似た発生状態を持つということになる。

いずれも、文学の発展段階から言えば原始的なものであり、素朴なものであり、広い民衆の生活の反映なのである。

5

「広い民衆の生活の反映」という観点から見ると、王朝の女流文学と『今昔物語』とは、文学的な系列が異なるだけでなく、そのなかで現実を扱う態度が全く異なっている、と言うことが判る。

王朝女流文学はほとんど全く上級貴族社会だけを描いている。下層貴族や一般民衆が彼女らの作品に登場するとしても、専ら彼女らの視点から、見下ろされている。

ところが『今昔』には上級貴族社会の物語もでてくるが、その貴族たちの生態も、いわば民衆の眼で見られている。

『今昔』のなかでの貴族の行動は、『源氏』の作者が、もし知っていたとしても、敢えて描こうとしなかったような種類のものである。

御所の門の直ぐ前で盗賊が出没したり、殺人が行われたという光景が、『今昔』のなかでは日常事として描かれているが、『源氏物語』の世界には、そのようなことは決して出て来ない。『今昔』の朱雀大路と、『源氏』の朱雀大路とは、到底、同じ場所とは思えないほどである。つまり、同じ主都のメイン・ストリートが、大貴族の眼で見るのと、庶民の眼で見るのとは全く異なったものに見えていた、ということである。

そして、現実には源氏がひと気のない何がしの院に夕顔を連れこんだ時、暗夜のなかに現われる危険があったのは、妖精だけではなく追剝ぎの方も、充分に可能性はあったはずであるが、そして『今昔』のなかに『源氏』のあの忍び逢いの挿話が取り入れられたとしたら、必ず源氏の従者が盗賊に備えるところが書かれたに相違ないが、紫式部は彼女の後宮女性的趣味によって、敢えて追剝ぎの方は切り捨ててしまい、専ら哀婉極まりない、そして美しくも無気味な妖精だけを登場させている。

さらに、『源氏』のなかでは、新しく擡頭して来つつある階級である武士は、専ら貴族たちの邸の守護や、外出の際の伴として、ほとんど個有名詞さえも与えられない哀れな存在であり、作者の態度は、いわば縁のうえから、庭先に跪《ひざまず》いている武士を見下ろして、言葉をかけている、といった感じなのが、『今昔』のなかでは、武士たちはそれぞれの歴史上の名前を与えられているだけでなく、実に颯爽《さっそう》と胸を張って馬を飛ばし、庶民を心服させている。『今昔』のなかでは、武士は立派な心構えを持って、庶民のうえに立つ存在として描かれている。貴族の卑屈な従者ではなく、独立した人格の所有者なのである。

それから一般の庶民はどうか。

これは『源氏』のなかでは、貴族の行列の通過する時、道の両側に押し合って見物している群衆、あるいは土木工事に従事している職人や土工の群れとしてしか現われない。彼等には個人の生活も、それぞれの哀歓も存在しないかの如くである。

しかし、『今昔』のなかでは、彼等はやはりひとりひとり生きて、それぞれの運命に泣いたり笑ったりしている。そればかりか、頽廃した貴族生活のなかでは、すりへって、失われてしまった「人間性」、人の心の美しさというもの、男女の愛情の純粋さ、兄弟の助け合い、子供への欲得なしの気持、友人同士の信義というようなものが、次つぎと立ち現われて、私たちを感動させる。

『今昔』においては、『源氏』におけるような、人の心を裏返しにさせるような心理的経験に出会うことはない。醜さも悪も『今昔』のなかでは、その単純明快さによって、一種の爽やかさを持っている。

6

と、いうことは、『源氏』と『今昔』とでは読者・聴手の階級が異なっていた、ということである。

文学としての系列が異なり、現実に対する作者の態度が異なっていたということは、別の社会圏を相手に作られた、別の社会のなかから生れてきた、ということなのである。

「別の社会」とはどこか？　それはもちろん、武士を頂点とする一般庶民の世界である。王朝女流文学は大貴族たちのために、大貴族の社会が描かれた。『今昔』は庶民のために、庶民の世界が描かれたのである。

あるいは、こういうふうにも言えるだろう。平安朝の文学はその洗練の頂点に行きつき、散文では『夜半の寝覚』とか『とりかへばや物語』とか、詩では『新古今集』とかの行き詰り、これ以上進めないというデカダンスのなかへ停滞した時、もう一度、生命力を取りもどすために、混沌とした庶民の生活のなかへ降りて行ったのだ、と。

あるいは、歴史的に言えば、これは古代末期の貴族文化が終ろうとしている時、次の時代を担う武家のひきいる庶民の文化が新たに擡頭して来ようとしていた、その徴候を現わしている作品なのだと。

それにしても、改めてもう一度、『源氏物語』と『今昔物語』とを読み比べてみる時、私たちは平安朝の文明というものが、いかにひと握りの貴族たちだけのものであったか、そのひと握りの小ささと正に反比例して、一般庶民の生活とはいかに驚くほど懸け離れた高度のものにまで上昇して行っていたか、という感慨に捉えられないではいられない。

我が平安朝文明は、その美的洗練において、日常生活の美化において、あるいは美を生の原理の軸としたという点において、他のいかなる国のいかなる時代よりも徹底していたと言える。

次の鎌倉時代の生活原理は、美とはなんの関係もない。その原理の中心に坐るのは「宗教」である。

そして『今昔物語』は、一種の宗教文学としての、説教的な感じがすでに個々の物語のなかに、あるいは薄く、あるいは濃く現われ出ている。端的にある教義の宣伝のために書かれたもの、あるいはある教義への回心の告白、という純粋な宗教文学ではないが、庶民の日常生活のなかに宗教的感情の発生して行く様が、如実に描き出されているという点が、美の文明から宗教の文明への、歴史的転換を予告していると言えないだろうか。

あるいはまた、宗教もまたここでは、超越的なものというより、現実の生活のなかで、他の感情と未分化のまま、庶民の心のなかに生きている。――つまり、現実の一部分、一要素としての宗教が、多くの迷信や俗信や、さらには普通の人間的感情やエゴイズムやと混り合ったままで、生けどりにされている。あるいは人をして信仰に赴かせる精神的および生活的な危機が、他の諸々の情念のとりこに人間を突き落す状況と、解きがたく絡まり合って表現されている。

しかも、そうした人間の心の闇の混沌が、簡潔な言葉で明瞭な行動のなかに表現されている。『今昔物語』のなかの人物たちは、たとえば同時代の『狭衣物語』の主人公のような、無限に繰りかえされる煩悶の渦の解けたり結んだりのなかでの非行動というような不徹底な地獄は、だれひとり経験していないように見える。彼等は一刀のもとに他人の首を切り落すのと同じ無造作で、ある瞬間に突然に御仏の胸に身を投じることが出来るのである。

歴史の歯車は大きく回転しはじめていた。――

『源氏』と『今昔』とでは、読者・聴手の階級が異なっていた、ということは、作者そのものの階級が異なっていたに相違ない、という想像を、当然のこととして惹き起す。

7

容易に推測されることは、『今昔物語』の作者は「隠者階級」のものであったろう、ということである。

現世の生存競争に失敗し、時代の閉塞状態に絶望し、公的生活を擲《なげう》って山里に隠れ住む人。そうした一群の知識人たち、いわゆる隠者たちは、平安朝末期にはひとつの社会現象として目立って来た。

彼等は古い文明のなかに育った人である。しかし、それから敢えて身を退いて、一般民衆のなかに混り住むようになる。一種の階級離脱者であり、新しい武士の階級が自分たちの知識人を持たないために、その新しい階級のための知的助言者となったり、歴史の変転の傍観者となったり、庶民に接することで人間性の復活を感じて素朴な生の喜びを回復したり、ひたすら超現世的美の別世界を追求したり、新しい信仰生活に没入したり、彼等のそれぞれの生き方を求めて行く。

しかし、いずれにしても平安朝の社会にとっては、新しいアウト・サイダーとしての知識人の一階級を形成して行く。知識人が支配階級から離れて別の社会を形成しはじめるというのは、階級交替の最も大きな徴候である。

『今昔物語』の作者は、恐らくこうした階級離脱者のひとりであったろう。あるいは、貴族の宗教から平民の宗教へ転換しつつあった仏教の、庶民たちのための布教師たちのグループによって集められた諸国話、つまり説教の材料として自《おのずか》ら出来上って行った書物なのかもしれない。いずれにせよ、無知で無学で、しかし、生命力のある新興階級の人びとのそばに近付いて行った知識人が、彼等の眼に新しい世界を開いてやるために集めた物語群であることは間違いない。

そうして、この蒐集、編纂に従事している間に、作者その人も内的な革命を経験して行き、それがいよいよこの仕事への情熱を駆りたてて行ったであろうことも。

Ⅸ　『とはずがたり』による好色的恋愛論

王朝文学は藤原氏の政権の崩壊と共に、夕陽が沈むように消えて行く。しかし、文化は政治のように、支配者の退場と共に瞬時にして亡びてしまうものではない。特に我が王朝文学は、長い夕映えの時を持った。その夕映えの最も美しいもののひとつが、『とはずがたり』と題するメモワールである。

平安朝の文明は、政権の東漸と共に、つまり権力から離れると共に、頽廃して行った。それは政治的な力がローマに移った後の、ギリシャ文明のデカダンスと、軌を一にしている。京都の宮廷文化は、鎌倉に新興の武士たちが、実力によって政治権力を奪い去ったあとは、いわば無精卵のような、生産力を失ってただ洗練と優雅の方向へだけ、ひたすらに向って行く存在となっていった。

蒙古の来襲によって、日本が存亡の危機に瀕していた最中にも、弘安三年に時の東宮、後の伏《ふし》見《み》天皇は宮中で、文学的なアマトゥールたちを集めて、『源氏物語』の人物や場所や事件についての、モデル考の座談会を行なっている。この人たちにとって、九州の一角に外国の軍隊が侵入してくるというような事柄よりは、王朝文化の誇りである一篇の物語について議論を闘わせる方が、はるかに重大でもあり、生きる意味ともなっていたのだろう。戦争や国防のことは、鎌倉の専門家たちにとうに一任してしまっていたのである。その代り、自分たち、平安文明の子孫たちは、学芸と花鳥風月との専門家となっているのだ、と彼等は信じていたのだろう。

伏見天皇の父、後深草帝《ごふかくさ》に仕えた二条《にじょう》という宮廷女性（後深草院二条）も、そうした人たちのひとりだった。彼女の残した回想録『とはずがたり』は、その時代の、そうした人びとの生活と意識とを、ありありと今日まで伝えていて興味深い。

この回想録に登場する人物たち、皇室や大貴族のサークルは、現実の政治から離れ、形式的な地位の争奪のために陰湿な策謀に日を送っている。そして彼等の私生活は、芸術と恋愛とに対する過度の専念である。彼等全体を包んでいる空気は、あくまでも華やかで優美な王朝文明の夕陽である。

彼等の日常は完全に、ひとつのマニエールと化している。彼等は遊宴をひとつ試みるにも、『源氏物語』のある場面を想起し、自分たちを、その物語の男女の誰彼になぞらえないではいられない。彼等の人生は一連の仮装舞踏会なのだ。

彼等は北条幕府の実力者たちに遠隔操縦されて、持明院統と大覚寺統とに分裂させられた京都の宮廷に生きながら、二百年前の彼等の先祖の最盛期、一条天皇の治世に暮しているような錯覚を持つことを、生き甲斐にしていたのだろう。

現実生活と生活意識とのそうした分離は、人たちの精神を頽廃させる。そして、そうした頽廃を、当の人々が誇りともし、喜びともすることは、歴史上のあらゆるデカダンス期に共通する特徴だろう。

こうした頽廃期は、三つのものをグロテスクなまでに極度に発達させる。あるいは三つのもののなかに、その頽廃を露骨に表現するにいたる。それは、芸術と恋愛と宗教とである。

『とはずがたり』の著者、後深草院二条という女房名の宮廷女性も、そうした生活の中心に生き、恋愛の種々相を徹底して経験した人物である。

彼女はその回想録のなかに、自分の恋愛の数々の種類を、鋭い自己批評と観察眼とによって、精細に描出し、同時に哀婉な筆致によって、その深刻な経験を物語のなかの情景のように美化した。

彼女の知性は現実を眺め、彼女の美意識はその現実を王朝美学によって、平安朝盛期の夢の世界へ転化させることができた。つまり、現実と夢とを重ね合せて生きた典型的なデカダンスの人であった。

彼女の経験した恋愛は五回であった。

そして、その五つが、それぞれ極めて特徴のあるものである。

頽廃期というものは、恋愛においても、その特徴を極端な過度のものとする。

今、私は仮に彼女の語っている五つの恋を、かつてスタンダールがその『恋愛論』において、恋愛を四つに分類して論じたように、それぞれに命名して、その特徴を追求してみたい。

——父性的恋愛、感傷的恋愛、社交的恋愛、情熱的恋愛、趣味的恋愛。

十三世紀の貴族の一女性が青春期に、その生命を賭けて経験した五つの恋愛についての分析は、ほとんど恋愛という人間的な現象の全ての領域にわたることになるだろう。

すなわち私のこの小論は、一篇の恋愛現象学となるだろう。

1　父性的恋愛

二条はわずか四歳で、持明院統の後深草院に出仕した。帝位はすでに、院の弟である大覚寺統の亀山《かめやま》天皇の側に移り、上皇である後深草院は閑散の身になっていた。

ところで、彼女は久我《こが》家の女であり、宮仕えをすべきではない家柄であったにも係わらず、生母大納言典侍の希望によって、後深草院の許《もと》に送られたわけである。結婚して二条を生むと間もなく死ぬことになった母は、娘の保護を遺言によって院に求めたのだった。

しかも、院自身も二条を引き取ることを熱望していた。

というのは、院は少年時代に年上の大納言典侍によって「新枕のこと」を教えられた。そして童貞を失った相手である典侍に対して、院は特別な慕情を抱いていた。

典侍は、しかし、院のもとに西園寺《さいおんじ》公子《きみこ》（院の叔母であり、十一歳年上）が入内する頃、別の男と結婚してしまう。

そうして典侍を失った後深草院（当時、十五歳ほど）は、少年らしい夢想から、今度は典侍の腹のなかの子を、自分の子供のように信じるようになる。

だから、いわば初恋の相手の身代りとして、二条は院のもとで育てられることになったわけである。

したがって院の二条に対する愛は、父性愛と恋愛との感情の混在したものであった。

そうして、引きとられて十年後に、二条は院の愛人となる。光源氏が幼い紫の上を養い育てて、やがて妻としたのと同じようなやり方であった。院は辛抱づよく、二条の成長を待っていたのだった。

二条の院に対する心理的反応も、紫の上の源氏に対するものに似ていた。父親のようになついていた人が、突然に男性に変ったことは、十四歳の彼女には、激しい衝撃だった。

しかし、院は二条を愛人としながらも、やはり当時、危篤の状態にあった彼女の父が死ねば、そのあとは自分が彼女の唯一の保護者にならなければならないという、父性的配慮も彼女に対して抱きつづけていたのだった。

二条の院に対する愛情にも、父親に対するもののような気持が濃かった。だから彼女は院の愛人となりながら、同時に、別の男性の面影を心に抱き、そして、半年後にはその男性と、今度は父性愛的感情を脱却した恋愛関係にも入ることになる。

はじめの間は、彼女は自分の心が二人の男性の間に分裂したことに苦しみ、また、院が他の女性を愛するのを見て、激しい嫉妬に悩むということになる。

しかし、やがて、院と彼女との間には、一種の愛の習慣が成立して行く。院にとって彼女は、秘密を共有することのできる腹心の侍女であり、また、絶えず保護を加えているべき孤児であった。

好色な院は、――この時代には好色は紳士の資格であった――恋の手引きにしばしば二条を使った。たとえば院の異母妹である斎宮との仲を取りもつように、院は二条に命じた。あるいはまた、二条の友人である女流画家との逢引きの段取りをさせられたのも二条自身であった。こうした恋の戯れの度《たび》に、二条はその場の近くに上臥《うえぶし》をし、そうしてその成り行きを審《つぶ》さに知ることができた。しかも、院は事の直後に、寝室から出ると必ず二条に感想を述べる。斎宮の場合には「桜は美しいけれども、たやすく枝が折れすぎて面白くない」というようなことであるし、画家の場合は、「玉川の里の卯の花だった」という。いずれも安易に過ぎてあまり愉しくないという感想で、院はそれなりで関心を失ってしまう。その後始末をつけるのも二条の役割であった。

こうした手引きに際して、二条が熱心に誠実に勤めたということも、院と二条との間の愛の性質を示している。二人の間柄は、単なる恋人以上の心易さと共犯的意識とを見せているが、それはフランス王制末期の暗黒小説『危険な関係』の男女の主人公の親密さをも連想させる。

ところで、こうした特殊な親密さは、院の正室である東二条院(西園寺公子)の嫉妬を誘うこととなり、二条の宮廷生活はひどい圧迫を受けるにいたる。

そこで院は彼女のための有力な後援者を見付ける必要に迫られ、摂政太政大臣兼平《かねひら》が選ばれる。そして院の伏見御所において、院の配慮のもとに兼平が彼女の後援者となる。

また、院は弟の法親王が二条に激しい恋心を抱いているのを知ると、その想いを遂げさせるように手配をするし、その結果、生れた子供の面倒をもみる。院は法親王によって生れた二条の子を自分の愛人のもとへ引き取るのである。

このようにして院は自分の戯れを二条に手引きさせただけでなく、二条の恋の方の成立をも自分で配慮する。そこには、たしかに二条に対する父性愛の働きが見られる。同時に時代の頽廃的空気が色濃く影を落している。

院の戯れの場合に、手引きの二条が上臥したように、二条と兼平、また法親王の場合も、院はその近くに臥所を定めている。二条は院の薫物の香りの真新しく染みている袖を、恋人の袖と重ねるということになり、また事の終るのを待ちかねるようにして、院の床に呼び戻されたりもする。それは心理的な異常な刺戟によって欲望を掻きたてるのが習慣となった人びとのあいだの遊戯である。

そうした好色家であった院は、どのような性哲学の保持者であったのか。幸いにして二条は院が弟の（同時に恋仇の）阿闍梨《あじゃり》（法親王）に対して、次のように語ったということを記録してくれている。

《長い研究と経験との結果、自分は男女関係というものは、罪悪とは関係のないものであるという結論に達した。それは人間の意志によって支配できないから、責任問題は発生しないのである。それは宿命の致すところであり、したがって獣姦といえども、その当人の恥とはならない。……》

世に好色者は数多い。特にこの時代は一世の風潮として、そうした人物を多く生んだ。しかし、セックスの問題に対して、このような徹底した認識に達していた哲人は稀であったろう。多くの好色者は自分の行為を「弱さ」であるとして、自分に許し、他人にも許すことを求める。しかし、院のこの哲学は性の自由の積極的な承認であって、己れの行為にいささかの恥をも抱く必要がない、と断言さえしているわけである。

性の問題で、自己苛責からも自己嫌悪からも自己弁護からも、見事に脱しているこのような人物は、日本の精神史のうえでも数が少ないのだろうと思う。

そうした認識に院が達したのは、四十歳近くであり、二条は二十四歳のときで、二人の関係は十年の長きにおよんでいた。そして同じ頃、院は自分の二条に対する愛情を、やはり、親の子に対する心持に比較して説明している。

それはちょうど、院の手引きによって、二条が法親王と秘密の逢引きを続けていた時であったのだから、そうした媒介行為も父性愛からである、という意味だろう。

しかし、一方で院は逢引きの床から脱け出して来た二条に向って、嫉妬の情を洩らし、皮肉を言ったりし、そして二条の方では二人の男の両方に愛情を抱いている、自分の心の矛盾に苦しんでいる。

この矛盾した心理による苦悩は、人間の本性であるけれども、それはまた容易に倒錯した快楽に転化するものであり、デカダンス期の恋愛の特徴とも言えるものである。

法親王との事件の頃から、院は二条に対して次第に冷淡になり、二条はやがて尼となる。そして二条の後半生の旅行時代「女西行」の時期がはじまるのだが、その後も偶然が尼と、やはり法体《ほったい》となった院と逢わせるというようなことがあり、そうした時には、院はかなり執拗にその後の二条の男性関係について追求している。

最後の二人の出会いは、二条が三十五歳になった時で、院は伏見御所に彼女を呼び寄せた。そして、何故、自分から遠ざかっているのか、と彼女を責めた。二条は自分が相変らず院を愛しつづけていると告白した。院は自分たちの関係は、二条の態度から「浅い契り」に過ぎないとばかり誤解していた、と言う。そして、二条の本心を知った以上、自分も最初は生涯の面倒を見るつもりで、愛人関係に入ったのだから、と言って、再び経済的な援助を続行することになる。

二条にとっても、院は最初の恋人であるばかりでなく、生涯の父親代りの人であった。彼女の院に対する愛は、恋心と父への愛との融合であった。

院の崩御の後、生父と院とが一緒にでてくる夢を、彼女が見ることになるのは、その意味で非常に象徴的だと言えるだろう。

2　感傷的恋愛

少女は父親のような保護者を求める気持で、自分を安心させてくれる大きな懐ろを求める、という本能とは別に、恋そのものを憧れる「恋を恋する」という心理状態におちいる時期がある。

それが、たいがいの初恋というものの特徴であり、それは「感傷的恋愛」と呼ぶにふさわしいだろう。

二条にとっては、そういう相手は九歳年上の、院の近臣の西園寺実兼《さねかね》であった。彼は『とはずがたり』のなかでは、その恋の性質に適わしく「雪の曙《あけぼの》」という陰《かく》し名で呼ばれている。

この若い貴公子は、院が二条を情人としようとした頃、恋文や贈物を送って、彼女に言いよる。そうして、二条が院の子を懐妊し、また父の死に逢って、里に引き籠っている頃に、とうとう思いを遂げる。

その経験を、彼女は自分にとっては「新枕」であった、と告白している。つまり、院との関係は幼時からの自然の成り行きのようなものであって、いわゆる恋というものとは異なっていたので、実兼との関係ではじめて彼女は自分の意志で精神的処女を捧げた思いがした、ということであるだろう。

彼女はこの相手に恋心を抱くと同時に、その恋が現実の関係になることは避けていた。しかし、その自制は相手の積極的な行為によって力を失った。としても、彼女の心のなかでは、院に対する気持と実兼に対する気持とは、はっきり性質の異なるものとして、別の場所を占めていたに相違ない。彼女の心は院から実兼へ移ったのではない。院に対して甘えていたとすれば、実兼に対しては憧れていたのだろう。

しかし、彼女の心のなかで、その恋の性質が院に対するものとははっきり別のものとなっていたとしても、現実の関係としてはひとりの女の肉体にその結果がおよぶことになる。

つまり、院の子を生んだあとで、今度は実兼の子を腹に持つことになる。具合の悪いことにちょうど、その懐妊の時期は院の写経のための精進潔斎の期間であって、院は女性を一切、近付けないでいた。そのために、その妊娠の事実は彼女を窮地に追いこむことになった。

彼女は出産期日を実際よりは二カ月ほど後であるように院に報告することで、その子を院のものであるように偽《いつわ》って当面をとりつくろい、そして出産と同時にその子は実兼の正妻の方に手渡して正妻の子供とし、院の方には八カ月で流産してしまったと言いつくろった。

しかも秘密の出産であったために、助産婦をさえ雇うことができず、実兼自身が赤子を取りあげ、自分の手で臍《ほぞ》の緒《お》を切るということさえした。

こうした露骨な現実的経験は、憧れに満ちた感傷的恋愛にとっては、手きびしい教訓だった。そのうえ、実兼はその後、自分の面前で彼女が次つぎと別の男の腕に抱かれて行くのを見せつけられることになる。院の存在は彼にとっては不可抗力のようなものであったとしても、他の人物たちが院の手引きによって、二条の恋人となって行くのは我慢がならなかったに相違ない。

院が伏見の別邸で、近衛《このえ》兼平を彼女の後援者とするように手配した時は、実兼も院の近臣として供奉《ぐぶ》して行っていたが、その晩、彼女が寝間着で彼の部屋へ忍んでの帰り、兼平に暗闇のなかで襲われる。そうして院が別邸に滞在の三日間、実兼は兼平と彼女とのことを、日夜、見せつけられて、それが彼女と彼との恋の終りとなった。

しかしその後も、実兼は何回かにわたって、誇りを傷つけられるような目に合わされる。

法親王との時は、二条が院と親王との会談の席から立って、御湯殿の上のほうへ出て行くと、宿直の実兼から、「ちっとも話しかけて貰えなくなったな」という皮肉な言葉を浴せかけられる。院が新院（亀山上皇）と同車で、大宮院《おおみやいん》（両院の母）の病気見舞に嵯峨に出掛けた時も、実兼はお供としてついて行ったが、新院と彼女との接近の様子を見て、彼は風邪を理由にして、宴会への出席を断わっている。

そうした間も、一度、久し振りに二条が里住いをした時に、彼の方から会見を申しこんでくる。彼女は、「いつも逢いたく思って泣いていた」というような返歌を送りながらも、心のなかでは、もう自分たちの感傷的恋愛は過去のものになってしまっていることを自覚している。

そうしてとにかく久し振りに会うことになるが、彼が到着した直後に、突然に院の御所のあたりが火事になり、彼女は慌てて参内しなければならなくなる。この逢引きの失敗は、二人の心に自分たちの恋が終ったのだ、ということを改めて思い知らせた。

やがて彼女は尼となり、旅行生活に入る。一方で、実兼は政治家としての活躍期に入る。亀山、後宇多《ごうだ》と二代つづいて、大覚寺系に帝位が移っているのを、後深草院の近臣として、また、関東申次《もうしつぎ》の役目を利用して、鎌倉幕府に対して暗躍し、ついに院の子を皇太子とすることに成功して、自ら春宮《とうぐう》大夫となり、やがてその皇太子が即位して伏見天皇となるにおよんで、ついには太政大臣として政権を握るに至る。

そうした生活のなかでは、二条の存在は遠い青春の想い出に過ぎないものになっていっただろう。

晩年に、入道となっていた彼のもとに、二条が危篤の院に逢わせてほしいという用件で訪ねて来た時も、いったんは彼は面会を拒絶したくらいである。しかし、二度目の訪問で顔を合わせると、三十年前の幼い恋の回想によって感傷的になったこの老政治家は、快く老尼の望みを達するようにしてくれる。

二人の恋は、その性質に適わしく、生活が現実的となると同時に消滅し、老年になってからもう一度、美しい想い出として甦ったのである。

3　社交的恋愛

院によって一時、二条の保護者に指名された近衛兼平は、その役目を果すための契約のようにして、院の黙認のもとで彼女と肉体関係を結ぶ。

その頃、二十歳だった二条は、未だ感傷的恋愛を西園寺実兼と続けていたし、一方で院の弟の法親王との情熱的恋愛にも捲きこまれていた。そしてさらに、やはり院の弟の亀山院の趣味的恋愛の対象となって、フラーテイションを受けていた。

院はそうした二条の動揺した精神状態を父親的な直感によって感得していただろうし、また院の彼女に対する愛は、院の後宮からの彼女への圧迫を強めていた。それが院をして時の最高権力者である太政大臣兼平に彼女を託そうという決意をうながすことになったのだろう。

院はその代償として、兼平の子の兼忠《かねただ》に今様秘事の伝授をも行なった。

この依託をうけた兼平にとっては、二条への愛は自発的なものではなかった。彼は二条に向って「昔からあなたを愛していたのだ」と告白するが、二条はそれを「すべて聞き古した口説き文句」としてしか受けいれない。こうした状況においては習慣化している「社交辞令」として彼女は聞き、そして強制されて情人関係に入る。

それはしたがって社交的恋愛ともいうべきもので、もし、兼平なり、二条なりが、良心の命ずるところにしたがってその関係を拒否したとしたら、院の配慮は無駄となり、社交の車の円滑な回転は妨げられて、社交界に適わしくない人物として、周囲から非難されることになっただろう。ただ、そうした関係に入るのに、院は最も洗練された恋愛遊戯の設定を行なった。伏見の別邸に兼平を伴った院は、三日に亘《わた》って、自身と兼平とのベッドのあいだに、二条を往復させた。

そうした極端なやり方によって二条を心理的危機に追いやることで、退屈な儀式的なものとなりがちな社交的恋愛を、スリルに満ちた秘密の恋のようなものに擬装したのである。

二条は完全に翻弄された。彼女は自分の心の手綱《たづな》を見失い、その別邸での遊戯が終った時には、自分が兼平を「愛している」ような錯覚すら抱くようになっている。

しかし『とはずがたり』は、その後の兼平とのことは語ろうとしていない。その恋は社交以上に進まないことで、一定の必要な役目を果したとして終ってしまっている。社交的恋愛というのは、恋愛という優雅な衣裳をまとった、ひとつの取引きに過ぎないのだろう。

4　情熱的恋愛

父親に甘えるような院への愛や、少女らしい憧れによる弱々しい実兼との関係のあとで、二条ははじめて院の弟の法親王との間に、本当の大人らしい情欲的な恋愛を経験する。

それは男女の闘争としての愛、情熱的恋愛である。

事は二条が十八歳の頃、ある宗教的行事に出席していた法親王が、控室で彼女と二人きりになった時に、突然に愛を告白するのにはじまる。

その時は二条はようやく手を振り払って逃げることができた。

が、その後も院の使いとして、法親王の寺へ参る折おり、繰り返して想いを聞かされている間に彼女の心も次第に男に惹かれるようになっていった。

そうして院の病気のために、祈禱にやって来た法親王は、とうとう想いを遂げる。その修法の期間の三週間の終るころには、二条の方も彼に対して、浮気心で愉しく接するようになっている。

彼女にとっては、どうせ長続きのすることは考えられない関係なのに、男が一途に思いつめているることだけが心配だった。

男はこの醜聞が公然のものとなったら、自分も寺にいられなくなるから、女も尼にして、二人でどこか山のなかへ籠って世を捨てた一生を送りたい、という決心を披瀝する。

その後も誠実な手紙が男の方から送られてくるし、男は二条の方も真剣な恋心を抱いていると誤解しているらしいので、彼女は恐ろしくなってくる。

逢引きすると、男の情欲の激しさが、恨めしくも、厭《いと》わしくも、怖ろしくも思われて落ちつかない。

彼女は生れてはじめて、恐ろしい情熱というものを知り、それが心の平和と、生活の安全とを破壊するものであることを感じて、困惑していた。

そこで絶縁することで、この危機を切り抜けようとする。

すると法親王から、神々の名を書き連ねた恐ろしい呪いの手紙が届けられた。それは法体となって以来、はじめて女性の肉体に惹かれたのだから、自分は法力によって悪道に落ちることを決意した、という内容のものであった。二条はその手紙を封をしなおして送りかえした。

この法親王は当時の社交人たちのように、軽薄で優雅な恋の戯れに満足する男ではなかった。

二人の仲は、この呪いの手紙によって断たれたかに見えた。しかし、男は院の御所を訪問し、機会を偸《ぬす》んで、再び二条に関係を迫る。それが院に立聞きされ、院は弟の気持に同情して、内密に二人の逢引きを取りはからってやる。そうして、妊娠の可能性を予想して、院は二条を夜、召すことをやめる。

しかし、この関係は次第に秘密を守ることが困難になってくるし、男の愛欲の異常さは寛大な院の心をも苦しめることになる。生れた子は院の配慮によって、他所へ引き取られるのだが、法親王の執念はいよいよ猛烈なものとなり、大乗経を書写する。それは自分の火葬の時にそれを薪にして燃やさせ、その功力によってもう一度、この世に戻って彼女を愛そうという考えからだった。

しかし、その恋も不意の疫病によって法親王がこの世を去ることで終ってしまう。男の遺品のなかには、二条あての金包みが入っていた。そして二条は再び法親王の子を宿していた。この恋愛が契機となって、二条の宮廷生活は終ることになる。彼女の生命はこの激しい経験によって、燃えつきてしまったと言えるだろう。

5　趣味的恋愛

宮廷と幕府との権力の二重構造は、皇室を二つの勢力に分断させることになる。持明院統の後深草院と、弟の大覚寺統の亀山院とは、そうした分裂のなかで、しばしば融和を計画し、機会あるごとに同席して懇親につとめた。

そのような宴席では、座興として両院はお互いの後宮の侍女たちを賭け物として、競技を愉しんだ。二条は常にそうした席にあったが、新院（亀山院）はそうした機会ごとに二条に恋心をほのめかせた。

その恋の口説きは、両院の遊宴の空気のなかで自然に生れたもので、だから恋というより、一種の浮気遊びのようなものだった。その遊びは両院と二条と三人で一室に枕を並べるというような、きわどいところまで行く。

しかし新院は、彼女に好意を抱いていたことは確かのようで、また新院の恋の挑みが、人目に立つ程度にまで、しげしげと繰り返されたらしい。

現に、二条は新院と通じたという理由で、院のもとを追われることになったのである。院の正室としては、二条を院から引き放すために、長い間、機会をうかがっていたのだから、それはうまい口実となった。しかし恐らく、誰ひとり、この偽の恋、趣味的恋愛の性質を見あやまっていたものはなかっただろう。

こうした趣味的恋愛は、当時、最も流行していた男女間の遊びであった。そして、宮廷の優美で艶な雰囲気の醸成に大いに役立ったものだったろう。また、宮廷女性二条にとっても、最も得意な遊びであったし、そうした、苦痛を伴わない恋愛的空気のようなものは、彼女の生活には不可欠でさえあったと思われる。

この時代の最大の美徳は「好色」であったのだから。


後深草院二条は、その五つの恋の連続によって、この時代——王朝文化の頽廃期——の代表者となった。そして彼女に、恋愛という領域の端から端までを遍歴させることを可能としたのは、その美貌と共に、心の柔軟さであったと言えるだろう。

ひとつの時代の象徴的な生き方をする人間は、たいがいの場合、大いなる受身の人なのである。その時代を作るというより、その時代に作られる人なのである。

もし、この五つの恋のどれかにおいて、彼女の方が積極的になったとしたら、他の恋は成立せず、したがってその遍歴は中絶したろうから。——

X 平安朝の女流文学

『源氏物語』にはじまった、本書の王朝文学をめぐる読書遍歴はいよいよ終りに近づいた。最後に、ふたたび王朝の女流文学に触れることで、本書の結びとしたい。

1 『源氏』についての無用な饒舌

現代の我が国の文明は非常に余裕に乏しいから、文学なども贅沢な熟したものは一般には喜ばれない。現代で流行するものは、まず平易で誰にも理解できなくてはいけない。それから、庶民的でなくてはいけない。さらには国民的全人民的でなくてはいけない。人生はいかに生くべきかという、宗教的哲学的実用的な要請に答える思想が判りやすく表現されていなくてはいけない。

そうして『源氏物語』には、以上のような大事な要素が、まるでないのだということを、誰か通読したことのある人間が、一度断わっておくのが親切かと思うので、私がこの文章を書くことにした。私のこの意見は信用した方がいい。信用しないで、『源氏』を代表的な国民文学であるはずだとか、人生いかに生くべきかということが書いてあるはずだ、などと思いこんで、読んで損をする人があっては、何しろ、あれだけの大部のものだから、まことにお気の毒だと言うより外はない。

とにかく初めから終りまで、道徳的に見たら碌《ろく》なことは書いてない。少年少女諸君、あるいはそれと同程度の知能の大人諸君がこの本を読んで、その真似をすることになったら、そして、『源氏物語』に書いてあることに刺戟を受けて悪いことをいたしましたなどと、警察で白状したら、第二のチャタレイ裁判事件を惹き起す可能性なしとしない。『源氏』の文章が、伊藤整氏の訳文のようには平易明快でなかったことが、辛うじてこの作品を取締りの対象となることから免がれさせてくれていたのだと思うと、紫式部の複雑難解な文章を、ほとんど賞讃したくなる。戦争中には、谷崎氏の現代訳が出たばかりに、『源氏』は皇室に対する不敬だとか、国民精神にとって有害だとかいう議論を唱える、元気のいい人たちが現われたし、その人たちも今だって、そう信じて、ただ黙っているだけだろうし、それに、これからの若い人でも、時代の空気が変ってくれば、たちまちそういう議論をまたはじめる気になる者もあるに違いない。

だから、専門家も『源氏』を国民必読の教養書だとか、理想主義的な文学だとか、あまり文学の判らない人たちに、読まないことの劣等感を刺戟するようなことを言って、あおり立てない方がいいと思う。

『源氏物語』は、古代王朝のデカダンスの時代の、ひとりの宮廷女性が、鋭い観察眼と豊かな想像力とを働かせて書いた物語で、当時の京都に住んでいた、ほんのひとつまみほどの貴族を愉しませることを目的とした作品なのだ。小説が時代の鏡だとすれば、『源氏』は腐敗した摂関政治の時代の、腐敗した貴族社会の空気を恐ろしいほど生きいきと伝えている。

だから、文学に通俗的な身の上相談を求めているような、幼稚な読者、常に進歩的な思想の表現であることを要求する、健全な読者は、はじめからこんなデカダンな背徳乱倫の物語などは読まない方がいいのである。無理に有難がって小説を読むのは、ばかのすることである。

文学の判る人間なら、『源氏』を五頁も読めば、比類のない傑作であることは、すぐ判る。面白くて寝食を忘れるに決っている。しかし、文学的傑作が字の読めて文学の判らない動物に毒になることは……

——どうも、大分、殺伐な議論になったが、以上のようなわけだから、文学好きの読者で、まだ『源氏』を読んでいない人、須磨明石くらいまでしか読んでいない人は、早速お読みになるといい。随分片寄った趣味の産物で、豪快な男性的な文学を愛する人の口には合わないかもしれないが、優美艶麗な抒情的な作品も、芸術として高級であるかぎりは、必ず強い力で人間性の深みを揺するものだということは文学読者なら経験によって、先刻、御承知だろうからだ。

私は何も、こんな妙な下品な文章を書かなくてもよかったのだが、しかし『源氏』について論じた研究家たちの論文にも、中には随分、強引な無理解なものがあって、時どき素人の私を苛《いら》だたせるので、その苛だちがこの毒のある小文を生んだわけである。

『源氏』を日本文学の伝統の中心に置くのはいいとして、その日本文学の伝統を、直ちに普遍的全人類的未来的なものに仕立てたいという一心から、あるいは無邪気に世界一を誇りたい自慢癖から、『源氏』のなかにありもしない、飛んでもない特徴まで数えたててみせてくれる人がいるので、気にさわる。『源氏』は世界最古の小説でもなし、ヒューマニズムの書物でもなし、いわんや女性解放の教科書や、貴族社会への弾劾文ではない。好きな人には、忘れられない魅力を持った古代末期の物語だというに過ぎぬ。そして、私はその好きな人のなかの熱心なひとりだ。

2 『源氏』の女たち

光源氏は一生の間に、数限りのない女たちを愛した。

しかし、その愛し方は、ドン・ファンともカサノヴァとも異なっているようである。ドン・ファンは唯ひとつの理想的女性像を求めて、次つぎと現実の女性たちの間を巡歴した。カサノヴァはもっぱら女性の肉の狩人で、これは女なら誰でもいい、無選択の放蕩である。

しかし、光源氏はひとりの女の肉なり心なりを征服すると飽き、次に移るというのではない。敢えて言えば女性の蒐集家であり、多様な女性のその多様性を愉しむ美食家である。だからこそ彼の女性関係は複合的で、同時に何人もの女に愛を分け与えている。あるいは彼にとっては常に多様な女性たちが必要だったので、彼の快適な生活というのは、数人のそれぞれ傾向を異にした妻たちから成る家庭で暮すということだった。そして彼はその生活を実現した。

そこには、明石の上のような聡明な女性も、花散里のような実用的な女性も、また、空蟬の尼のような、昔の恋の生きた片身も住んでいた。さらには末摘花のような、軽率な恋を戒める、これまた生きた教訓のような女性もいた。

が、一方で源氏は単なる美食家、蒐集家ではなく、いわば日常生活の上の方に、一生を通じて「夢の女」の姿が存在していた。

その根元にあるのは、彼の記憶の中にはない、彼を生むと同時に死んだ母親の面影であり、この女性憧憬に彼の生涯は貫かれた。

少年期に父帝の寵姫、藤壺を愛したのも、それが母に生き写しの女性だったからだし、幼い紫の上を引きとって、自分の思うまま育てあげたうえで妻としたのも、彼女が藤壺の姪であり、ひいては母の面影を伝えていたからだろう。晩年に女三の宮を妻に迎えることで、ついに家庭の平和を破壊することになったのも、彼女が藤壺のもうひとりの姪だったからである。

そういう意味では、源氏は死ぬまで心の一部に、成長しきれない子供の部分を保存していたのかもしれない。「精神的離乳期前」の傾向があったのだろう。

一方で源氏が、朧月夜のような純粋に肉欲的な女と、何度もよりを戻したり、源典侍のような還暦直前の老婆と肉の戯れをしたりしたのも、彼のこの「子供の部分」と秘かな関係があったのではないか、と私は思っている。

3　『源氏物語』螢の巻

《小説は、神々の時代以来の、人間生活の現実を写したものだ。それに比べれば、『日本紀』のような史書などは、人生のある一面を描いたものに過ぎない。小説の方にこそ、人間性の精緻な姿が表現されているのだ。……小説は、勿論、ある実在の人物の生活の記録ではない。作家の実人生の体験のなかで、善でも悪でも、感動の深かったものを、そのまま自分の心のなかに秘めておくことでは満足できなくて、後世のために書くことになったものだ。善でも悪でも、実際の経験を選択しながら、純粋の典型にまで高めて、それを表現する。それは例外的な状況を現わしているように見えても、しかし、決して、非現実的なことではないのだ。外国の作家の作風は、私たちとは異なっているかもしれない。また、時代によって、題材は異なってくるかもしれない。そのうえ、作家の現実認識の度合の深い浅いの違いはあるだろう。しかし、決して、そのどれもが、真理に触れていないとは言えないのだ……》(自由訳・中村)

これは『源氏物語』の第二十五帖「螢の巻」のなかで、光源氏が語っている物語観である。そして、それは同時に、作者、紫式部の小説観であることは間違いない。

私は学生時代、毎年、夏は長篇小説を読むことを習慣としていた。そして、ある年、思いたって『源氏物語』に取り掛った。読み進めるにつれ、この作品は「小説」としては比類のない高い成果をあげているものであることが、次第に判ってきた。そうして、千年前の——現代の私たちとは非常に風俗習慣を異にした時代の——文学が、「小説」というような近代的な形式と全く同じやり方で、同じように人間性の表現に成功しているということに、どうしても解けない謎のようなものを感じた。一体、紫式部という女性は、どういうつもりで、こうした物語を書いたのだろうか。私たち現代人と同じような「小説」という観念を作りあげていたのか。それとも全く別のことをやろうとしたのに、千年後の読者である私が、無理に現代的文学観で、曲げて読んでいるのか？

私はそうした執拗な疑問に苦しめられながら、「螢の巻」まで辿りついた。そして突然に、この断章の原文に遭遇した。私の疑問は一時に氷解した。驚くべきことには、この王朝の宮廷女性は現代の小説家たちと、全然、同じ小説観の所持者だったのだ。

それまでの私は、近代の西欧から輸入された「小説」（ロマン）という文学形式と、日本の文学的伝統とが、どのように融合し得るものか、またもしそのふたつが、水と油のようなものであったなら、私たちはついに、日本の小説というものを作りだすことに、失敗するより他はないのか。そういう問題に悩まされつづけ、西欧の近代小説の傑作を読めば読むほど、心細くなりかけていた。

その時、この『源氏物語』の見事な小説的世界は、私のなかの不安を一掃するために現われた。しかも、作者自身の普遍的な小説観を伴って。

ここには、「人智の一致」の素晴らしい実例がある。私たちの小説伝統は、西欧の近代の発見したものと、自然に呼応しているのだ。

それ以来、私は「小説」というものを作る仕事に、自分の生涯を捧げる自信を持つことになった――そう断言しても、誇張ではないと思う。

こうして、私は青春時代以来、いわば職業的守り神として、紫式部を心の奥に祭りつづけてきた。また、時どき、私の小説観が袋小路に入りこんでしまうと、このおそるべき正統的な小説観を読み返して、自分を正道に戻してきた。

そのようなことを繰り返しているうちに、その原文は、いつのまにか、冒頭にかかげたような、現代の批評的術語による、私風の自由訳の姿をとって、私の記憶に残るようになっていた。

だから私はこの小文のはじめに引用するのに、《神代より世にある事を記し置きけるなんなり。日本紀などは只片そばぞかし。これらにこそ道々しく委しき事はあらめ》というような原文より、今は一層、私自身の発想と分ちがたくなっている私流の現代訳を書き写してみることにしたのだ。

読者は多分、この訳文を読んで、半信半疑の思いにとらえられることだろう。そうして、探求心の旺盛な人は、敢えて原文に当るだろう。そうして、その原文から、もう一度、私の語り直した現代文に戻ってきた時、現代と道長時代とを隔てる十世紀の時間が、一時に縮まる思いを味わうことになるだろう。

4　ウェイレーと『源氏物語』

とうとうアーサー・ウェイレーが亡くなった。

もう大分前から、健康上の理由で研究生活からも遠ざかっており、かなり悲観的な気分で老年を送っている、といったようなうわさを耳にしていたので、その訃報は一段と哀れ深いものに思われた。(氏の晩年の心境は、中国清朝の詩人「袁枚《えんばい》」伝のなかにも、鮮やかにうかがわれるような気がした)

心から哀悼の思いを捧げたい。

私は実は、人生の偶然の糸が、どこかでこの老英国人と私とを出会わせてくれるのではないかと、随分以前から半ば期待をもって空想していたが、今はそれもむなしくなった。数年前に氏を訪問したドナルド・キーン氏から、氏の風貌や家庭の様子などを生きいきと話して聞かされたのが、個人としての氏に私が最も近付いた最後であった。

そうしたわけで、氏は私にとって一面識もない遠い人であった。しかし氏の英訳『源氏物語』は私がこの二十年間、最もしばしば手にし、たびたび旅にもカバンの底に入れて持って歩いた書物である。

『源氏物語』の西欧語での全訳は、氏によって初めて完成され、氏のおかげでこの我が王朝物語の傑作は、全文明世界の共有財産となることができた。

一度も日本を訪れたことのないウェイレー氏にとって、この全く文脈の異なる日本古代末期の文学作品を現代英語に写し直すという仕事は大変な難事であったに相違ない。しかも、氏の英訳は英語の文学作品として極めてすぐれたものになったから、ヨーロッパの選ばれた読書人を感動させ、多くの文学鑑賞家によって、愛読されるにいたったのである。

恩恵をこうむったのは、西欧人だけには限られなかった。わが正宗白鳥もウェイレー訳によって、はじめて『源氏物語』の魅力に眼覚めたと告白している。

ウェイレー氏は、一九二〇年代の最も高級な英国知識人たちのグループ、いわゆるブルームスベリーの仲間の一員であった。氏の周囲には、リットン・ストレーチのような伝記家、レオナルド・ウルフのような社会主義者、クライヴ・ベルのような批評家、ロジャー・フライのような美術評論家、E・M・フォースターや、ヴァージニア・ウルフのような作家、T・S・エリオットのような詩人、ケインズのような経済学者がいた。いずれも、愉しい博識と、機智的な皮肉と、鋭敏な理解力と、繊細な感受性と、優雅な文体との所有者ばかりである。そうして彼等の共通の関心は、芸術における新しい美の実現のための実験であった。ジョイスとプルーストとを最初に発見し、擁護したのは、このグループであった。

そうして、このグループの一員によって、『源氏物語』の翻訳がなされた、ということがあらかじめ、深い信頼と、特殊な色合いとを持って、その書物を世人に受け取らせるのに役立ったと言えるだろう。『源氏物語』は極めて幸運で有力な紹介状と共に、国境を越えたということになる。

つまり、それはウルフ女史の諸作や、『失われた時を求めて』の英訳と同じふんいきのなかで読書界に出現したということになる。

だから、『源氏物語』が西欧の批評家たちによって、いつもプルーストと比較されるのも当然なわけである。

現にやはりブルームスベリーの仲間に近かったオルダス・ハクスリーも、彼の小説『幾たびか夏すぎて、白鳥は死に』という作品のなかで、その小説の主人公であるオックスフォードのロマンス語教授に、プルーストと紫式部を結びつけた手紙を書かせている。（彼は文化的に野蕃な地であるカルフォルニアに住む自分を、須磨に流遇している源氏に比較し、ロンドンの社交界で愉しい日々を過している母親を羨んで、そのプルーストの人物たちのような社交生活の光景を、紫式部の筆によって描かせたら、と夢想しているのである）――こうして、時と所と性を異にするこの二人の大小説家は、「上流社交界」の作家であるという特殊性において、緊密な親近性があるというのが、今日の西欧での常識となっている。

ところでこの戦後には、ブルームスベリー的な文学的空気というものは、各国において地を払ってしまった。そうしてウェイレー訳も、今の文学趣味からすると、いくぶん、甘美すぎ、洒落すぎ、凝りすぎている、という批評も聞えはじめているようである。あるフランスの作家は、私に向って新たに『源氏物語』の翻訳を試みるとしたら、今度はスタンダール的な無愛想な文体でやってみることが可能ではなかろうかと、語ったことがある。

しかし、時代によって読者の趣味は変るとしても、氏の『源氏物語』は二〇年代の代表的な英文学の作品として、いつまでも記憶され、そして読みつづけられるだろう。

私は、私もまたこの先、一生のあいだ、何度も繰り返して、この厚い書物のページを開き、そしてついに面晤《めんご》の機会を持たなかったこの英国の老碩学《せきがく》を、懐かしむことだろうと思う。

5　ひとつの清少納言論

一九五一年にフランスの「美術出版社」(Editions de l'Art) という書店から『著名作家集』(Les Ecrivains Célèbres) という本が出版された。

この本は、古代から現代にいたる、著名な著述家の伝記に、やはり著名な肖像(絵か彫刻の写真)を挿入して、配列したもので、三冊本である。編者は現代フランスの特異な前衛的作家として知られている、レイモン・クノー。

その第一冊は古代東邦から始まり、ヘブライ、ギリシャ、ローマ、ビザンチン、イスラム、インド、支那、日本から、古代アメリカにおよぶ、約八十人の作家のモノグラフィーと、同数の肖像写真を含み、巻末には、別に文学辞典風の国別時代別の作家の表が添えられている。この表の日本の部を見ると、奈良朝、平安朝、中世に分れて、約五十人の文学者の名が並び、それぞれに、極く簡単な説明がある。(例えば、最後の荒木田守武《あらきだもりたけ》の項は、「一四七三―一五四九。中世最後の著名な詩人。俳諧の作者で、徳川期におけるこの詩的ジャンルの隆盛を準備した」という工合である)

伝記の執筆者は必ずしも専門の学者ではない。たとえば、アイスキュロスは、レックス・ワーナーが、アリストパネスはマルセル・エーメが、プラトンはジャン・ヴァールが、ペトロニウスはクノー自身が、そして孔子はエチアンブルが書いている、といった調子である。

そのなかの清少納言の評伝の執筆を、私が全くの偶然で依頼されることになった。私は慣れぬフランス語で原稿を書いて、パリに送った。そして、その文章は、編者のクノーの「執筆者の文体と思想とは尊重する」訂正削除の後で、北斎《ほくさい》筆の清少納言肖像と共に、この書物に収められた。その文章を、今、読み返してみると、戦争直後の私が、西欧の読者に向って、『枕草子』を紹介するのに、いかに心理的な抵抗を感じたかが、ありありと判って、興味深くもあり、苦い気持にもなる。

戦後も二十年以上たった今日では、我が国の古典に対する、読者の反応も正常になったし、西欧における日本文学研究も、単なる異国趣味を脱しはじめているように見えるから、もし、今、私がその文章を書くはめになったとしたら、もっと無邪気に、この古代作家に対する、私の愛を告白したことだろうと思う。が、すでに一度書いたものは、書いたものである。終戦後、間もない頃に、三十歳だった私が、ヨーロッパの読者を意識して、どのような口調で、清少納言について語ったかを、ここに紹介しておくのも、何かの意味があるだろう。

冒頭に私は、先ず、清少納言を、日本文学史上、最も重要な作家のひとりだと述べ、直ぐ続いて、しかし現代の作家はほとんど『枕草子』は読まないし、文芸批評家も、それについて、語ろうとしないと言っている。

それから、一九四六年にソヴィエットの作家たちが日本を訪問した時の、一挿話に触れて、ある集りで、コンスタンチン・シーモノフが、日本文学を語って、もっぱら『源氏物語』を賞讃したが、その賞讃は宮本百合子によって、突然に中断させられた。彼女は「しかしあれは、貴族文学ですからね」と、反駁したのだ——と、書いた。

このような心理的な間隙が、外国の作家と日本の作家との間に、わが国の古典に対して生じるのは、われわれの側に特別の理由がある。

日本の「近代化」は、僅かに十九世紀末からはじまったに過ぎない。日本の近代作家たちは、むしろ古代中世の伝統を否定し、西欧の文学を学びながら、日本に近代文学を樹立するために、精力的な活動を続けてきた。そのうえ、戦争中には、文学のうえでも、激しい反動化が行われ、西欧文学に対する敬愛の公然たる表明は禁止され、一方で、日本の古典は極端な愛国主義者たちの手によって、汚された。

西欧の人びとは、常にわれわれに向って、「自分の伝統を保持したまえ。君たちは、紫式部も、法然《ほうねん》も、北斎も持っているではないか」と忠告してきた。しかし、近代の日本人にとっては、西欧文明の導入に成功するか、しからずんば破滅するか、ということが、最も切実な歴史的課題だったのだ。西欧の思想家たちにとっては、ショーペンハウエルからヘルマン・ヘッセにいたるまで、アジアは人間慧智の最古の源泉であったかもしれない。しかし、われわれにとっては、アジアは、同時に、「アジア的停滞」の悲惨な現実である。われわれは、西欧人のように、わが国の古典に対しても、ただエキゾチックな興味だけで眺めることはできないのだ。

こういう長い前書の後で、ようやく私は「人類の宝である、美しい深い頁《ページ》を含む」『枕草子』について、語ることになる。

私は平安朝における、女性を中心とした貴族生活、一条帝の後宮、紫式部と清少納言との対立、

『枕草子』と唐の李商隠《りしょういん》の『義山雑纂《ぎざんざつさん》』との類似などについて、簡単に素描し、それから、清少納言を、モラリスト（風俗研究家）であると規定する。

そして、原文を引用しながら、日本人は、こうした何気ない自然や人事の、単純で明確な表現自体に、伝統的に喜びを感じつづけてきたのだ。それは、日本人独特の「デッサンの精神」とでも名づけるべき傾向と関係がある。浮世絵はその適例である。現代においても、われわれが志賀直哉に敬服するのは、その眼の正確さであって、日本の読者は偉大な思想家に対するよりも、しばしば小さな生活情景の細緻な描写に対して、感動するのである。——と説明する。

『枕草子』の特徴のひとつは、そうした、文章によるデッサンの美である。

かつて、エドモン・ジャルーは、ジャン・ジロドゥーの小説について語りながら、こう言っている。「西欧人にとっては、精神の世界が他のものに先立って創造された。自然は人間の散歩のためにある。しかし芭蕉や鬼貫《おにつら》にとっては、人間の感情と自然の情景とは、同一現象の等価物なのだ」。この卓見は、そのまま、清少納言の文学的世界を理解するのにも役立つだろう。こうした人間と自然との内的照応は、西欧においては、十九世紀末の象徴主義者たちの方法のなかに、はじめて意識的に現われ出たものである。

それから、その小文は結論となる。

「しかし、この魂の状態の基底は、清少納言においては、生と美との儚さの感情である。人間は彼女にとっては、自然の主人ではないからである。その最も輝かしい頁のなかにさえ、彼女は死に直面した人間の孤独の悲劇的一感情を暗示する。それが今日もなお、われわれを深く感動せしめる」……

6 王朝女流日記

わが国王朝の女流日記のなかで、一般読書人にとって、特に興味深いものは、なんといっても『蜻蛉日記』と、『更級日記』だろう。

が、このふたつの作品は、読み比べるとさらに興味がふかまるように思える。『かげろう』の作者は『さらしな』の作者の伯母という血縁関係にあり、その親族、姻戚のなかには清少納言も紫式部もいるという文学一家である。――つまりこの一族は平安朝の女流文学で、散文文学の源泉となったわけだが、それだけでなく、この伯母と姪とが、そのひとつの文学的流派のなかで、しかも同一の日記（回想録）というジャンルのなかで、実に正反対の両極端を示しているることが面白い。

この一族は、当時の言葉でいえば「受領《ずりょう》」――地方長官になる家柄で、そのころでは中央の宮廷貴族に比べると、二流という中流の生活をしていた。それが偶然のことで、『かげろう』の作者は、宮廷貴族、藤原兼家の妻（第二夫人）となった。そして、彼女の回想記『かげろう日記』は、見事な上流夫人の傲然たる心持の反映となっている。それに対して、『さらしな』の方は、またなんというつつましやかな、中流の女の片隅での感想録だろうか。さらに『かげろう』が王朝女流文学の最盛期御堂関白道長時代（十一世紀初頭）に先駆する十世紀後半の社会を背景にしているのに対して『さらしな』は十一世紀中葉の王朝文化の光のかげりだした時期の記録である。

このように、この二作品はさまざまの意味で対比的なものであるが、特に美しく感ぜられるのは、二人の作者の性格の鮮やかな相違だろう。


『かげろう』の作者（本名は不明、藤原倫寧の娘、とか右大将道綱の母とか呼ばれる）は、生来、貴族的な誇り高い女であり、それが上流人らしい魅力ともなっている。また、現代の知的な女性との奇妙な類似をも示して、近代的な文学作品となっている。彼女の夫、兼家は当時の猛烈な政権争奪のなかでの中心人物として、何度も失脚の危機に見舞われながら、ついに太政大臣、准三后という最高の官位にまで到達した人物である。そうした激しい生活の裏で、夫を独占しようとした、この女はさまざまな失望を味わい、また一方で夫のいわれのない嫉妬にも悩まされる。そうした内面のドラマが、いわばフーガ形式のようなヴァリエーションを伴う繰り返しによって、長ながと書きつづられている。

『さらしな』の方も、作者の名は不明であるが（菅原孝標の娘と呼ばれる）当時の片田舎であった東国に幼時を過し、やがて上京してもひきこもりがちの内気な性格のために、内心の夢ばかりか、浪曼的な物語めいた世界を広げて行く。一時は宮仕えもするが、大した立身もせず、平凡な結婚生活に入って行く。彼女のこのひかえ目で、そうして夢みがちな、一生乙女心を失わない性格は、古い日本の女の一典型ともいえるだろう。

なお、この二作品とも、故堀辰雄の作品の原形となっている。前者は『かげろふの日記』、後者は『姨捨』となった。

7　王朝の女流作家たち

また執拗な不眠症がはじまった。

仕方ないので、私は深夜の床のなかで仕事の控帳をあちこちと開けて、以前に済ませた小説の跡を思い出したり、これから書くはずの戯曲の台詞を、ひとつふたつ思いついて書き込んでみたりしていた。

すると、頁の間から、一枚の紙が出てきた。そこには系図のようなものが書いてある。何かの仕事のために用意して、そのまま使われずに忘れ捨ててあったものに違いない。その図の無器用なところをみると、本を読みながら、私自身の作った仮の手控えなのだろう。

それは次のような図である〔次頁〕。——

図の中央にある作者というのは、右大将道綱の母という呼び方で知られている『蜻蛉日記』の著者であり、その著者と、ほぼ同時代の他の著名な女流作家との近親関係を示す図であるわけである。

この図によると、実に『枕草子』の作者も『源氏物語』の作者も、そして『更級日記』や『夜半の寝覚』の作者も、皆『蜻蛉日記』の作者の親戚だということになる。

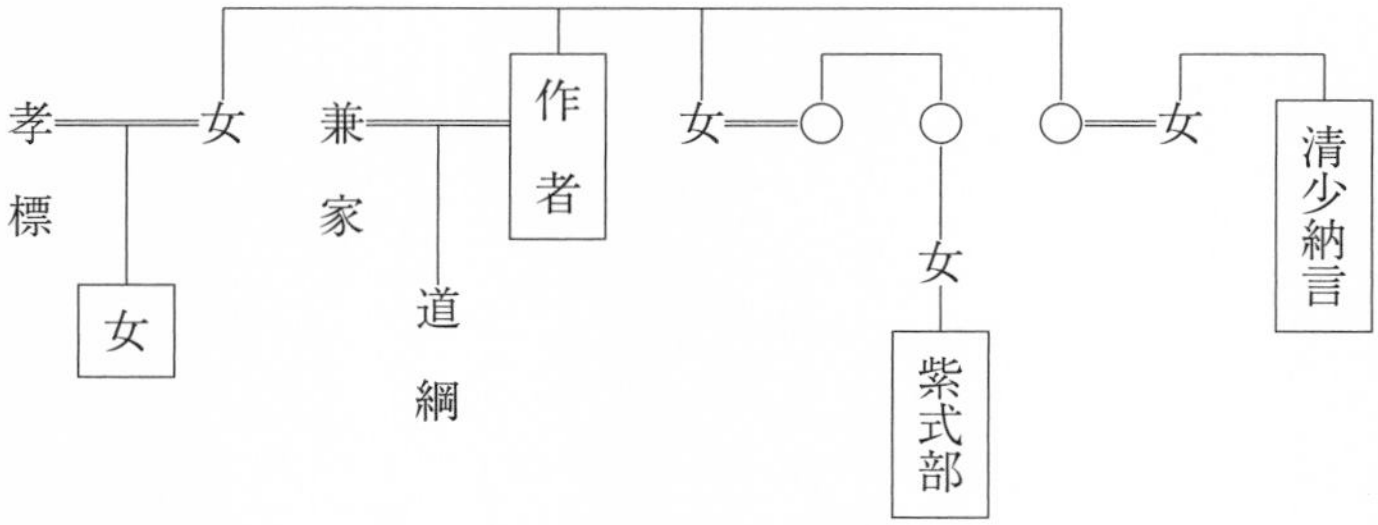

清少納言は兄弟の妻の姉妹だし、紫式部は姉妹の夫の兄弟の孫だし、孝標女は姉妹の娘になる。

私は一体、何を考えてこの図を作ったのだろうか。

単に、王朝の女流作家たちが、ただ同時代に輩出したというだけでなく、私生活のうえで密接な関係があったということに、驚いたからなのだろうか。——もっとも、これは私でなくても、驚く方が普通かもしれない。一時代の代表的な女流文学者の家庭が、皆、婚姻によって結びついている、というのは、現代の常識からすれば奇抜すぎる。もし、彼女らの父なり夫なりの名前や伝記的事実が判っていなかったとして、ある学者が彼女らの作品だけから、そうした近親関係を想像したとしたら、あまりの空想力を笑われ、それは実証的に証明できていない、というだけでなく、常識的にも、ありそうになさすぎる仮定だといわれるだろう。学者の想像でなく、大衆小説家の構想だとからかわれるだろう。しかし事実なのだからしかたない。

事実は小説より奇なりということの一事例がここにある。……が、別に奇でも驚くべきことでもない、という人がいるかもしれない。最も素朴には、何しろ千年近くも昔の社会の話なのだから、どのようなこともあり得たろう、と考える立場がある。むしろ、考えるというより、考えない、想像力を働かさない立場、歴史的な過去を感覚的に再現する能力の欠如している立場だが。

だがそれより、もっと深い立場もある。つまり、現代の常識を平安中後期の社会にそのまま当てはめて考えるのは危険だろう。このような婚姻関係は例外的だ、というのではなく、当時においては、逆に当り前のことだったのではないか。

私はむしろそこまで考えて、この系図を作ってみたのかもしれない。道綱の母と紫式部とは藤原氏に属し、清少納言は清原氏、孝標は菅原氏で、いずれも当時の支配階級である。

彼等は京都に住み、お互いにお互い同士だけで結婚し合っていた。このお互いというのは、私のところには資料がないから正確には、今、いえないが、上達部《かんだちめ》、殿上人《てんじょうびと》を併せて百人足らずというのを、一応の目標とすると、非常に狭い閉鎖的な社会のお互いということになる。

もちろん、女流作家輩出の時代は、すなわち後宮の全盛時代であり、したがって藤原氏の摂関政治の時期で、文学をもって宮仕えする女は、最上流階級の藤原氏の主流からははずれた、下級貴族たち、地方官の家の娘たちだから、この百家族の中とは限らず、その周辺の何百家族の人たちだ、としても、それは総人口、おそらく万には遥かに達しなかったろう。

地方官の家柄といっても、とにかく地方長官である。清少納言の父、清原元輔は肥後守まで行ったし、紫式部の父、藤原為時は越後守、菅原孝標は、一番低くて常陸介どまりだが、この受領階級も、一般庶民よりは遥かに上方に位置した人びとだ。道綱の母にいたっては、父藤原倫寧は伊勢守であったし、夫の兼家は中年以後には位人臣を極め、一世の支配者となった人物である。

そうした家庭の娘たちが、宮廷生活に参加して、日記を書いたり、物語を作ったり、歌を詠んだりして日を暮した。そして、それらの回想記なり随筆なり抒情詩なりは、その階級の人びとの間に流布して広く読まれた。

狭かったにしろ、とにかくそこには文壇が成立していた。文壇が成立していたということは、ひとつの美学なり人生観なりが成立し、それが相互批判により高まり洗練されて行ったということである。したがってそれらの産物は、人間性の深処にまで達する表現を獲得し、伝統として、後世にまで伝えられた。

実際、私たちは千年前の小貴族の娘たちの文章のなかに、私たち自身の心の動きと同じものを発見し、感動することができるのである。……

私の深夜の空想は、連想から連想へと横すべりして行って、そして、やがて夜明に近づく——

8　デカダンスの今日性

王朝末期はデカダンスの時代である。

そして明治以来の近代日本はデカダンスの時代を持つだけの、不健全な余裕がなかったから、王朝末期の文明とその所産とが、積極的に評価されたことは一度もない。

それは、ひとつの文明の盛期のあとでは、不可避的に起る頽廃現象として、やむを得ず容認せられたに過ぎないので、その時期の最も輝かしい産物である物語類も、要するに偉大な『源氏物語』の卑小なる亜流として、文学史のうえで小さく扱われるにとどまった。

私は近代の学者や作家で、あれらの物語類こそ小説の理想であり、そのなかで描かれている情景こそ生活の理想であるとして、美学的にも倫理的にも「王朝末期」というものを拠るべき典型としている、と宣言し、そのようなものの現代的再現を説いている人物に会ったためしはない。しかし、そういう排他的な人間が現われないことには、この王朝末期物語類の復権は、現代において成就されないだろう。

明治・大正・昭和の三代は、生活倫理のうえでかなりきびしい時代だった。一夫一婦制に反する行為は激しく非難され、したがって勿論、近親相姦や同性愛は法律的にも道徳的にも、絶対に許されない社会だった。

王朝末期物語のなかの人物たちは、近代日本に生きていたら、例外なく社会から隔離され、刑務所のなかに監禁されてしまったろう。

近代日本の道徳の理想が、いかに偏狭なまでに厳格であったかは、「恋愛」というものに対する世論の反応を見るだけでも充分である。

恋愛は最も個人的行為であり、個人の本能の流露であり、個人の幸福を人生最高の価値とするものである。そうした考え方を、富国強兵を理想とし、家父長への絶対の忠誠を求める国家が歓迎するはずはない。

明治以来の政府は、民主主義的なあらゆる動きに対して警戒心を抱いていた。民主主義の根底にある個人主義は、国家至上主義と根本的に対立するものであり、そして恋愛というものはその本来の性質上、国家主義的にはなり得ない以上、白眼視されたのは当然である。

恋愛も結婚にいたるものなら是認されるかというと、それは見合結婚よりも軽蔑された。家父長制的な考え方からすれば、重要なのは個人ではなく家であり、恋愛結婚は個人の平等な結びつきであるのに、見合結婚は家と家との結合となる。だから近代日本の青年たちは、恋愛をすることによって支配的な道徳への反逆者となった。彼らは国家の押しつける道徳を偽善であるとし、自分たちの愛情を純潔であるとして、道徳価値を逆転させた。

しかし、彼らも己れの立場をデカダンスへまで深めることで、すべての純潔さ、すべての倫理主義を否定するという極点にまでは到達しなかった。近代日本の反逆者たちは、支配者たちと道徳の場で争っていた。その場そのものを否定するほど、近代日本の文明は爛熟していなかった。

王朝末期物語類が真面目に、一般読者の関心をひきはじめたのは、この戦後である。戦後の社会は、近代でははじめて支配層の倫理が（半ば外部からの強制で）個人的なものとなった。そして現実の生活もそれに対応して変化した。

勿論、社会全体がデカダンスに陥ったというのではない。しかし、デカダンスそのものも存在権を与えられたのである。これは実生活においても、恋愛は日常化し、その傾向の前衛には恐らく王朝末期以来はじめてと言っていい、幾多の異常な性的習慣さえ生れつつある。

そしてそれに対応して、現代文学も谷崎潤一郎や川端康成や坂口安吾やのなかに明らかにデカダンスの傾向が現われて来た。そしてより若い文学的世代においては、その傾向はいよいよ一般的なものとなりつつある。

つまり王朝末期物語の伝統が今日はじめて、近代文学のなかに復活したと言ってもいいし、それらの物語類が単に歴史の遺産としてでなく、現代の私たちのために書かれたものとして読まれるようになって来たと言っていい。

現代は世界的に、ひとつの秩序から次の秩序に移る歴史的大過渡期である。そして、過渡期というものは、いつもすでに成立している様ざまの風習や秩序や道徳が改めてその意味を問われ、そしてひとつの秩序を作るために禁圧されてきた諸々の悪が同時に、新たに甦って来る時期である。

『狭衣物語』における主人公のノイローゼ的な心理分析や、『夜半の寝覚』における恋愛への病的な執着や、『とりかへばや物語』における同性愛への偏好やは、いずれも過渡期の悪の復活の特徴である。

そしてそれらの作品の例外なく持っている、過度の感傷性、過度の官能性、過度の内向性、過度の暴露趣味、過度の恐怖、過度の唯美性は、正に同じ傾向の産物である。

デカダンスとは、過度の氾濫状態なのである。しかし、現代の読者たちは、まだ、いくぶん王朝末期物語を、歴史の彼方と、美の彼方とにおくことで、——つまりは「昔は美しかった」と「昔と今とは風俗習慣が異なる」という二つの安全弁によって、消毒されて読んでいるような気がする。

だが、文学はそのように安全なものではないはずである。私は読者があれらの物語のなかに、私たち自身の悲喜劇を読むことを望んでいる。もしあれが私たち自身の物語だということになれば、それらの物語の反映している、現実世界というものは、なんという激しい愛欲の歓喜と戦慄すべき恐怖に満ちていることだろう。そして私たち人間というものは、なんと自己の支配を脱した諸々の醜悪な衝動を、無意識の底に潜めている存在であることだろう。

『アンナ・カレーニナ』の悲劇は、単にロシア帝制末期に特徴的なものであって、社会革命によって消滅した、というのでないとすれば、（そうでなければ、今日、トルストイは読んでも少しも面白くないはずである）同様にして、王朝末期の貴族たちの狂態は、やはりわが王朝がとうの昔に亡んだからといって、それが単なる絵空事と化してしまってはいないのだ。とにかく現代の私たちにとって、あれらの物語ほど深刻に人間性の本質をあばいてみせてくれる文学はない。

9 『浜松中納言』讃

『浜松中納言物語』は、近代写実主義の文学風土のなかでは、幼稚で非現実な絵空事だということにもなりかねない。

しかし、そうした「幼稚で非現実な絵空事」が、現代日常生活の些事を描いた文章よりも価値が低いとする、近代日本の文学観の方が実は問題がある。

この文学観からすると、たとえば西欧の文学も、シェイクスピアの夢幻劇の数々や、ドイツ浪曼派の童話の群れや、今世紀の超現実派の仕事の大部分やは、やはり否定されなければならなくなる。

そして、「近代写実主義」の考え方自身、実は西欧では十九世紀と共に超克されたし、我が国においても、次第にその狭さから作家たちは抜け出つつある。

作家たちが因習と化した文学観から脱出を図るとき、必ず前途に光明を点してくれるのが伝統である。そして伝統とは、作家の外に在るものではなく、作家の内に絶えず新たに生れるものである。

だから今日、この物語、「夢と転生」との物語は、明日の日本文学にとって、新たな伝統となろうとしている、というふうにいえるわけである。

それは文学的には、私たちを十九世紀的近代写実主義から自由にしてくれるものであり、精神的には私たちに未知の広大な領土の秘密を囁いてくれるものである。

夢と転生こそ、人類の文学の古い源泉であった。古代インド人や、ギリシャのピタゴラス派の人びとは、夢と転生とによって世界を解釈した。そして、二十世紀の精神科学も夢を通して、人間の魂の領域（それは外部の世界に匹敵するだけの巨大な世界である）を解釈しつつある。

したがって、『浜松中納言物語』は、現代の人びとにとって、単なる王朝亜流物語のひとつという以上の意味を持つ。

10　王朝文学と現代

政治的区分によれば、我が国には古代、奈良、平安、鎌倉、室町、江戸、近代、というような時代が、縦に列んでいる。

しかし、文化の質というものを考えれば、この各時代はそれぞれ、等価だというようなものではない。

私の観るところでは、日本の文化とは平安文化であり、その以前の時代はそれを準備し、それ以後の時代はそれの様ざまの変形である。

たとえば、桂離宮と日光東照宮というように、同時代であって極端に対立している二つの建築物の両方に、私は王朝美学の二つの方向への変貌を発見する。桂は平安末期以来の一途に、冷えさびて行った方向の到達点であろうし、東照宮は戦国末期の新しい民族的エネルギーによる、王朝の新しいルネッサンスの輝かしい成果である。その現われは、桂においては老熟しきった末の枯れた雅《みやび》やかさであり、東照宮においては子供らしい華やかさであろうとも、いずれも王朝文明というものの、ある要素の展開であることには間違いはない。

だから、私たちは王朝を学ぶことによって、日本そのものを学ぶことになる。王朝以後の各時代は、いずれも王朝を復活させることによって、新しい文明を創りだした。文明というものが連続であるが故に、それは当然である。我が王朝文明は、フランスの歴史において十七世紀古典主義の文明の占めている位置に酷似していると言えるだろう。

話を文学だけに限っても、日本の文学史の脊骨が勅撰集の流れであることは明瞭であるし、散文芸術においても『源氏物語』と『枕草子』との対立が、伝統となって現代にまで繋がっている。たとえば私小説的モラリストの系譜とフィクションによるロマネスクの系譜とが、微妙に交錯しているのが、今日の日本小説の姿であるが、前者の先祖は『枕草子』であろうし、後者の源泉は『源氏物語』にあると考えても、不自然ではないのである。

あとがき

これは『源氏物語』を中心とする王朝文学について、その時どきに、求めに応じて書いた文章を、ひとつの統一的意図に従って再編成し、書き改めた書物である。

著者は、この本よりも大分以前にすでに、同じ時期の文学について、『王朝の文学』（新潮文庫）『王朝文学の世界』（新潮社）の二冊の本を刊行している。

しかし、今度のこの新しい本は、それらの旧著以後の、私の王朝文学に対する考えを盛ったものので、おのずから別の趣のあるものとなった。

今度の本の特徴は次の三点にあるだろうと著者は思っている。

第一は、より広い文学的展望のなかへ、我が王朝文学を据えていること。

第二は、より広い人間的主題を扱うことで解釈が多様になっていること。

第三は、より広い読者の一般的関心に応えるようになっていること。

もし読者が、私のこの本に興味を感じたなら、先の二冊の旧著にまで遡《さかのぼ》っていただければありがたい。そうすれば私の考えの変遷が辿られることになって、著者としてはまことに幸福である。

なお、『源氏物語』の作品分析としては、別に逐帖的に書いて行った、『私説・源氏物語』上下（婦人画報社）という二冊本もある。

この数年、我が王朝文学は現代の読書人にとって、生きた古典となりつつある。戦争直後から、王朝文学を伝統として甦らせることに、文学的使命のひとつを感じながら努力してきたつもりの著者は、今、ようやくその夢の実現を見つつあるので、今度の本のこのあとがきを記しながらも、愉しい心の躍動を禁じ得ない。

一九六八年五月
中村　真一郎

初版刊行時の推薦文

中村真一郎氏の「源氏物語」に対するなみなみならぬ造詣と傾倒とはすでに何種もの著作になって私どもに豊富なよろこびを与えている。氏が、フランス文学の研究者であり、作家でもあるということが、千年の昔宮廷女性の手で眼もあやな絢爛、精巧の極みに織り上げられたこの物語を、現代の意匠で清新に着こなしている印象を与えるのである。

「源氏物語」の中の人々は、教養、趣味、感覚という点で、大変私たちの好むものを多く持っている人々だが、何分、うっとうしい御簾《みす》や几帳、暗い灯影《ほかげ》などにさまたげられて、現代の読者にはもどかしいいらだたしさを感じさせることが多い。中村氏の作品にはほどよい照明と、涼しい風の行きかいが到るところに溢れていて、読者を爽《さわや》がせてくれる。

円地文子

※この一文は初版時のカバー表4に掲載された。タイトルは付されていなかった。

解説

澤田瞳子

イギリスの小説家、デイヴィッド・ロッジが一九七五年に発表した『交換教授』は、英米二人の大学教授がそれぞれのポストを取り換えることで生じる悲喜劇を描いたユーモア小説である。その中に、「自分は読んでいないが他の人は読んでいると思う本を挙げ、読んだ人がいれば、その人から一点獲得できる」、「屈辱」というゲームが登場する。

英文学科の教授陣が集まったパーティの折、この「屈辱」に参加したある教員が「『ハムレット』！」と叫び、周囲がまさかと驚くシーンがある。件《くだん》の教員は更に、「自分はローレンス・オリヴィエが監督・主演した映画『ハムレット』しか見ていない」と主張し、その場は完全に白けてしまうのだが、わたしはこのシーンを繙《ひもと》くたび、いつも『源氏物語』のことを思い出す。

『源氏物語』といえば日本の古典中の古典、いまや世界的にも名の知られた平安朝文学きっての大傑作である。ゆえにその知名度は本邦の全古典の中でも突出しているが、一方で全五十四帖、四百字詰め原稿用紙にして二千四百枚に及ぶ長大さや中学・高校で学んだ「古文」の知識を駆使しても苦労する平安仮名文体、更に現代社会とはあまりにかけ離れた平安時代の宮廷生活の様相などなど、正直に言えば『源氏』は読みづらい要素のオンパレードとも評し得る作品でもある。

このため、歴史・古典に関心がおありでも、「実は『源氏』をちゃんと通読したことがない」

という方は相当数おいでではなかろうか。だからもし前出のゲームの席で「『源氏物語』！」と叫んでも、獲得できる点数は実は案外低く、参加者はその事実に思わず顔を見合わせる羽目になるかもしれない。

告白すればわたし自身、原文で『源氏』を通読したのは二十代も後半になってから。それもまず中学時代に大和和紀《やまとわき》さんのコミック『あさきゆめみし』を読み、大学で田辺聖子の現代語訳『新源氏物語』を読み、その上で「しかたがない。そろそろ諦めて取り組むか」と重い腰を上げて取り組んだ末の読書だ。

ゆえに全巻を読み通してもなお、わたしは長らく『源氏』に後ろめたい思いがあった。コミックや現代語訳で予習をしてからの『源氏』読破は、邪道な気がしたからだ。しかしある時、中村真一郎の『私説・源氏物語』を読んで驚いた。その序章には『源氏』が難解であるとの事実を前提に、「それなら、現代語訳で読んだらいいじゃないですか」と書かれていたためだ。

中村に言わせれば、そもそも我々は『ホメロス』にしても『論語』にしても、大概は現代日本語翻訳で読んでいる。古語をすらすらと読めれば楽しいだろうが、それを勉強する暇がないからといって『源氏物語』を諦めるのはもったいない――というわけだ。実に明快かつ、気持ちが楽になるありがたい言説である。

本書はそんな中村が、『源氏』を中心とする王朝文学全体について、なみなみならぬ造詣のもと、余すところなく筆を走らせた一冊。彼はこれ以前に『王朝の文学』『王朝文学の世界』、更に前述の『私説・源氏物語』といった書籍を上梓しているが、それらの著作に共通して存在するのは、王朝文学は日本の文学伝統の中心に位置するとの独自の文学論である。

そのため中村は、『源氏』を読むことは日本文学そのものを読む行為であると主張する。しかしだからといって彼は、『源氏』を何の瑕瑾《かきん》もない完璧な作品だと崇め奉るわけではない。民衆社会を描く『今昔物語』との対比、中流貴族の娘であった紫式部の立場や性格などにも言及することで、『源氏』の射程範囲をくっきりと浮き彫りにし、その存在意義について明確にしたのが本書なのだ。

中村と王朝文学との関わりは古く、一九五五年に発表された短編小説「恋路」においては、小学生の頃から親しんだ桂園派の歌や幕末生まれの曾祖母に教えられた江戸期の人情本・読本が、自分を『古今集』や王朝文学に導いたと述べられている。また遺作となった『木村蒹葭堂《けんかどう》のサロン』の序章において彼は、青春時代の半ばを占めた第二次世界大戦中、自分は源平合戦のただなかにあっても「紅旗征戎《こうきせいじゅう》ハ吾ガ事ニアラズ」と嘯《うそぶ》いて古典研究に没頭した藤原定家《ふじわらのていか》に憧れ、王朝時代以来の伝統の中に身を置くことで孤独から救われていたと告白している。つまり知の巨人たる中村の生涯には常に王朝文学の影があり、それが文学のありかたを模索し続けた彼に一つの指標を投げかけ続けていたのである。

それだけに本書において、中村は『源氏』そのもののみならず、その前後に存在する王朝文学群にも筆を伸ばす。また『源氏』をストーリーからではなく、登場する女性たちの諸相、はたまた舞台となる様々な場所などから分析し、この長大なる物語を読む複数の切り口を我々に提唱してくれる。これによって我々はただ物語に従って『源氏』を読むのではなく、そこに隠された紫式部の意図や数々の事象の意味を学ぶことができるのだ。

たとえば一夫一妻制の現代日本を生きる我々は、正室がありながら多くの女性たちと浮名を流す光源氏という男を、どうしても理解しづらい。このため中村は近代の恋愛観やその背景にある社会を考察した上で、光源氏の生きた時代と彼らの性生活のあり方について分析する。また野の宮や須磨・明石など、『源氏』に登場する各地域の意味を解釈することで、それらの記述が物語にどのような意味を与えるのかを説いてくれる。

個人的に興味深いのはⅢ章「『源氏物語』の女性像」で、中村はここにおいて彼女たちの出自や光源氏への対応、また筆者である紫式部の女性観などを物差しに、主人公の愛した女性たちを個性豊かに紹介する。その有様はまるで品種の異なる花々が咲き乱れているかのようで、読者は必ずや『源氏』がただ美しい女性たちを無意味に並べただけではなく、彼女たち一人一人に明確な個性を与え、光源氏を通じてその生き様まで活写した物語なのだと気づくことだろう。

更に注目すべきは、中村が本書において、執筆当時の最先端の『源氏』研究の成果を敏感に取り入れている事実である。たとえばⅠ章「紫式部と『源氏物語』」にて、中村は「やがて、宮中に出仕する前後に、今度は藤原保昌を恋人にしたらしい」と記している。藤原保昌は武勇に優れた中流貴族で、歌人・和泉式部の夫となったことでよく知られている。彼と紫式部との関係について言及されることは乏しいだけに、この一文に驚く読者もおいでだろう。実はこの記述は、平安時代研究の大家・角田文衞《つのだぶんえい》(一九一三〜二〇〇八)の論考「紫式部と藤原保昌――『浅からず頼めたる男』の問題」(一九六五年発表)に基づいていると推測できる。

また別の箇所において中村は、『源氏』第七帖・紅葉賀に登場する老女官・源典侍について、このキャラクターは紫式部が実在する不仲な嫂《あによめ》を実名そのままで登場させたものであると述べている。これはやはり角田の論考「源典侍と紫式部――紫式部の性格をめぐって」（一九六六年発表）に従ったものと考えられ、中村の『源氏』研究に対する関心の深さがはっきりと分かる。

中村と角田は一九七九年十月、朝日出版社の企画にて対談を行い、その成果は『おもしろく源氏を読む――源氏物語講義』として書籍化されている。フランス文学を学び、その関心を古今東西の文学へと広げた中村と、日本古代史からスタートして自らの学問範囲を世界各地の考古学へと及ばせ、世界史的な視座の下で「古代学」を提唱した角田は、文学者と歴史家という立場の違いこそあれ、意気投合するところがあったのだろう。『おもしろく源氏を読む』の最終章は『源氏物語』を二十世紀文学の中に位置づけた上、『源氏』以降の世界、つまり中世とは何かという問いまで投げかける野心的な章となっている。

ところで角田の『源氏』および紫式部を巡る諸論の中でもっとも人口に膾炙《かいしゃ》した論考は、紫式部の実名を「藤原香子」（読みは「かをりこ」「たかこ」など諸説あり）と推測した「紫式部の本名」（一九六三年発表）である。この説は当時、マスコミでも盛んに取り上げられ、国文・国史学界に議論を呼んだ。ところが中村は本書においては、これを完全に無視している。研究者の諸説をただ鵜呑みにせず、自らの目で分析を加えんとする中村の姿が垣間見えて、興味深い。

『源氏』のあらすじを説明する書籍は、世の中に数多い。いや、わざわざ本を繙かずとも、インターネットで検索すれば、誰でもすぐに『源氏』の概略ぐらいは摑むことができるだろう。だがそれはあくまで物語の筋を追う行為であり、『源氏』がなぜ『源氏』たり得るのかを語るものではない。

とはいえだからといって、「ならばいきなり原文で」と取り組むのは、何の装備もなく富士山に登ろうとするに近い無謀だ。山登りに足に合った靴や正しい地図が必要であるように、原稿用紙二千四百枚もの平安仮名文体の大作に挑むにあたって、我々はそれなりの支度をせねばならない。

『源氏』とはそもそも何なのか、多くの女性をとっかえひっかえしている好色な（と見える）光源氏の行動の意味は、彼らが生きた社会とは――などなど、中村が本書で提示した物語を切り取る様々な断片を手に『源氏』に挑めば、この長大なる物語はさして難解なものではなくなる。

なあに、そもそもは本書の中でも記されているように、宮廷の女性たちが回し読みをし、『更級日記』の作者である菅原孝標女のような物語好きの少女を虜にし、都への憧れを抱かせたのが『源氏』という物語なのだ。しち難しい顔をして取り組むのではなく、その辺りに寝っ転がって楽しむのが、本来の正しい読み方であろうとわたしは考える。

そして『源氏』を堅苦しい「古典」ではなく、千年前の人々の日常生活を記した楽しい小説として読んだとき、読者は必ずや王朝時代の魅力に心奪われ、この時代について更に学びたいと思うはずだ。

そういう意味では本書はただ、『源氏物語』の世界を描くだけの書物ではない。我々が我々として在るこの国の歴史、更に言えば日本そのものへと読み手を導く、含蓄に満ちた幸福な一冊なのである。

（二〇二三年三月、作家）

本書は一九六八年六月刊行の『源氏物語の世界』（新潮選書）を底本とした。
復刊に際して最小限の訂正を施し、新たに解説を加えた。

新潮選書

源氏《げんじ》物語《ものがたり》の世界《せかい》

著　者……………… 中村真一郎《なかむらしんいちろう》

発　行……………… 2023年５月25日
２　刷……………… 2024年３月15日

発行者……………… 佐藤隆信
発行所……………… 株式会社新潮社
〒162-8711 東京都新宿区矢来町71
電話　編集部 03-3266-5611
　　　読者係 03-3266-5111
https://www.shinchosha.co.jp
シンボルマーク／駒井哲郎
装幀／新潮社装幀室
印刷所……………… 株式会社三秀舎
製本所……………… 株式会社大進堂

ISBN978-4-10-603898-3 C0393